Bentota

KAI HENRY

BENTOTA

© Kai Henry 2025
Förlag: BoD · Books on Demand, Östermalmstorg 1,
114 42 Stockholm, Sverige, bod@bod.se
Tryck: Libri Plureos GmbH, Friedensallee 273,
22763 Hamburg, Tyskland
ISBN: 978-91-8114-771-1

FÖRORD

Jag har alltid haft svårt att få sömn på kvällarna. Alla har ju hört om att man kan räkna får som hoppar över stängsel, jag har aldrig förstått det där. Ska det vara monotont och alla är likadana, svarta eller vita får, stora eller små? Varför skulle man bli trött av att se pigga får? Har nog försökt, men i mitt räknande är det alltid någon av dom som faller omkull eller kronjuvelerna träffar stängslet och dom blir liggande och vrider sig i smärta.-

Nej jag började istället nån gång för flera år sedan under sömnlösa kvällar och nätter åka iväg på en fantasiresa. Den utvecklades med tiden och jag kunde hoppa in i »fortsättningsavsnittet« direkt, det hjälpte och jag sov bättre. Det blev ju en ganska lång historia till slut. Berättade om det här för en kompis efter flera års »fantasiresande«. Han tyckte det absolut borde skrivas ner. Jag lämnade det där, men nu efter flera års funderande tog jag mod till mig och kontaktade en författare som var av samma åsikt som min kompis flera år tidigare. Hon är en finlandssvensk författare som gett ut 3 böcker, Mia Bergenheim. Jag bor själv i Thailand, men var en avstickare till Finland och vi träffades och satte nästan genast igång med att jobba på boken. Jag skrev först och skickade några sidor till Mia som sen skrev om dom så att texten blev mera i »bokstil«. Vi hade väl gott och väl kommit halvvägs i boken när Mia tyckte att jag skulle skriva boken själv. Den skiljde sig antagligen så mycket från hennes tidigare böcker att hon hade lite svårt att förstå vad jag ville. Eller så tröttnade hon på mitt gnällande och rättande av texten hon skrev. Men nu hade jag fått »blodad tand«, och startade om i min egen trubbiga stil. Men utan Mias uppmuntrande och hjälp skulle boken knappast ha blivit av.-

Historien utspelar sig 150 år i framtiden, år 2174. Jep, vi ska ut i rymden och ut i det okända eller kanske inte. Läs så får du se. Men om du är en rymdnörd och vill veta hur saker fungerar i framtiden, då ska du inte fortsätta att läsa, sånt vet jag inget om, kanske någon vet hur världen ser ut om 150 år? Min pappa brukade säga, »det är svårt att spå, och det är särskilt svårt att spå framtiden.«-

Men tänk dig att du är en ledare som har 1 600 människor, och du ska starta en ny värld. Hur många saker av världen idag vill du ha med? Pengar, mobiltelefon, bil, kreditkort, simbassäng, fina kläder, lyxmat, restauranger, bio, tv, stereo, öl, brännvin, cigaretter. Nej, skulle jag svara till det, du behöver dig och din nästa.-

Stort tack till min mamma också som stöttat mig och glatts åt att jag följer min morfars väg som var författare, hoppas han inte vänder sig i graven när han läser boken.

1 HOTEL KÄMP

Såg ut genom fönstret mot ett dystert höstvinterlandskap, slaskigt och vått. Jag var förbannad och utled så det gråa vädret passade bra in i min sinnesstämning. Dom sa att hotellet låg mitt i centrum av Helsingfors och vore det bästa stället att hålla årskonferensen som ICPA (International Corrections & Prisons Association) årligen ordnade. Jag hade med kort varsel blivit ombedd att fungera som värd för tillställningen. Jag var visserligen styrelseledamot sen några år tillbaka, men alla visste att dom här tillställningarna var något jag inte såg fram emot. Men eftersom alla andra konstigt nog blev förhindrade + några »passliga« förkylningar så hade jag inte mycket val då styrelseordföranden bad mig att ta hand om det. Visserligen hade jag inget emot själva resandet, HQ låg i Bryssel men det var sällan jag var där. Så nu flög jag in direkt från mitt hem i New York, med dom nya el-jetflygen tog inte resan mer än 4 timmar, jetlagen var värre än flygandet. I synnerhet när man flög västerut kändes det alltid konstigt att vara framme några timmar före man startat. Nej, det var inget fel med resandet eller hotellet som snart var 300 år gammalt, byggt redan 1887 var Hotel Kämp ansett som ett av de bästa i Norden. Det var inte det som gnagde i tinningarna. Det var den nya fångvårdsreformen som jag försökte få implementerad till dinosaurierna inom fångvården. Hade utarbetat ett system som skulle ge oss möjlighet att sätta in microchip på alla människor och inte bara eliten. Med den invasion av flyktingar som pågick hade vi ingen chans att få bukt med kriminaliteten i världen. Fick en känsla av att den redan microchippade eliten var relativt nöjd med sin tillvaro. Dom fick bo i sina omgärdade områden med beväpnade vakter med alla bekvämligheter. Men vad var det för frihet när du inte kunde gå till stranden, picknick med familjen eller ens ta en biltur utan att du i bästa fall bara blev rånad. Världen hade blivit en farlig plats för alla.-

Så efter min föreläsning i hotellets spegelsal kände jag mig tom. Fick mina obligatoriska applåder, nån ställde någon fråga gällande ämnet, men annars verkade det som om drinkarna och buffén intresserade människorna mera. Kunde ha avlutat föreläsningen med det klassiska, »Har nån frågor eller ska vi börja supa?«. Morgondagen var schemalagd för grupparbete samt en exkursion till ett fängelse som var klassifierat som ett med »hög säkerhet«. Började vara utled på dessa exkursioner och möten som inte ledde någonstans. Valde en flaska Chivas Regal från minibaren och lade mig bekvämt i sängen och reflekterade över mitt liv. Skulle snart fylla 45, inga barn, inte ens en flickvän sen jag bröt upp med Cynthia för snart ett år sedan. Vi såg ingen mening med att fortsätta då vi båda var på resande fot, hon inom medicinsk forskning och jag med mitt. Vi bröt upp genom ett telefonsamtal, ingen dramatik eller liknande. Tror inte vi hade sett varandra på en månads tid då vi beslöt att det vore det bästa. Det var över 6 månader sen jag sett mina föräldrar senast. De bodde i New Jersey i ett trevligt villaområde där dom för det mesta grävde i sin trädgård. Hade lovat komma över på julmiddag så det var ju relativt snart så då skulle jag få mitt dåliga samvete nollställt för en tid.

2 PROMENAD I HELSINGFORS

Beslöt att ta en liten promenad trots vädret. Det var november och vintern var i antågande, men ännu var det knappt med snö. Helsingfors centrum var klassat som »Go zone« i motsats till alla »No go-zoner« som fanns världen över. Gick några hundra meter och gick till slut in i en souveniraffär, tänkte att jag skulle hitta något passande åt mamma när jag nu lovat att komma över till julen. Valde en jultomte i kälke som hade sina renar framför sig. Tänkte att jultomten måste ha mycket jobb nuförtiden då befolkningsmängden låg på omkring 12 miljarder. Snurrade på siffrorna en stund i huvudet. 12 miljarder, samma som 12 tusen miljoner människor. Vad skulle komma att hända, det var inte hållbart i någon form. Det kändes hopplöst och samtidigt fick jag själv en känsla av att allt jobb jag gjort var meningslöst. Ingenting gick att stoppa mera med dom medlen som fanns. Gick tillbaka till hotellet, om möjligt ännu mera deprimerad. »Mr. Carter, ni har ett meddelande, koden finns på erat rum«, hojtade receptionisten. Jag tackade och tog hissen till rummet. Slängde jultomten med Rudolf och dom andra renarna i väskan och tog kodnumret och kastade mig på sängen. »Spela upp kod a34b75«, hörde Ralphs röst »John, ring mig så fort du hört meddelandet«. Vad var det nu då? undrade jag. Sista ändringar i programmet, antog jag. Ralph var min chef och också ordförande för ICPA, så det hjälpte väl inte med annat än att ringa upp.-

»Ring Ralph Wilkins ICPA.« Efter bara någon sekund svarade Ralph. »Förlåt att jag stör dig, John«, svarade Ralph. »Ingen panik, det var ju inte så att jag låg vid poolen och solbadade precis.« Ralph skrattade inte åt mitt skämt utan fortsatte »Du måste åka i morgon bitti till Helsingfors flygfält, du har ett privatflyg som tar dig till Fort Lauderdale, WSA vill prata med dig.« »WSA«, utbrast jag, »World Space Association, vad vill dom? Att jag ska bygga ett fängelse på månen?« »Jag vet bara att det är högsta prioritet så du får inte nämna åt någon om det här, är det förstått?« fortsatte Ralph. »Förstått visst, men seminariet?« började jag. »Jag har delegerat allt åt Tom så du behöver inte fundera på det, se till att du är i lobbyn klockan 8 i morgon bitti. En eskort för dig till flygfältet.« »En eskort … «, började jag. »Det är allt jag vet, se till att du får en god natts sömn, tror det kan behövas för morgondagen. Allt från mig, godkväll, John.« »Ja, hej då«, svarade jag och så bröts det. Ord och inga visor, vad i helvete handlade det där om? undrade jag.-

Det skulle inte vara den lättaste saken i världen att få sömn efter det där samtalet, tog ett glas Chivas till och funderade en stund, men det hjälpte föga. Visserligen var det en liten lättnad att slippa morgondagens monotona program i ett slaskigt Helsingfors, och byta ut det mot ett soligt Florida. Kanske var det något helt nytt projekt, nästan allt kändes lockande nu. Mot alla odds sov jag riktigt gott i varje fall.

3 TIDSZONER

Fast jag reser mycket så har jag aldrig tyckt om att flyga västerut. Vi startade prick 09.00 från Helsingfors och landade på Cape Canaverals privata flygfält 4 timmar senare, klockan 06.00. Men att vara framme 3 timmar före jag startat förundrade mig alltid. Dom nya hypersnabba el-jetflygen var bekväma, och det att jag hade det för mig själv gjorde ju inte saken sämre. Jag hade ätit på hotellet på morgonen samt sovit gott så var inte det minsta trött eller hungrig. En bil mötte mig vid flyget, på distans såg jag dom väldiga ställningarna för raketerna som nästan dagligen sköts iväg mot månbasen. Både turister, forskare och annan personal. Månturismen hade börjat för några decennier sedan, men tappat lite prestige eftersom den enbart var ute efter eliten som kunde betala dom hutlösa priserna. Det var inte sällan enorma protester hölls utanför basen, också skottlossning samt dödsfall hade inträffat. Det var något jag mycket väl kunde förstå eftersom jag var mycket insatt i dylika problem. Befolkningen började få nog, största delen av jordens befolkning levde på svältgränsen. Hela saken var ohållbar, och det fanns ingen lösning i sikte, inte ens på nära håll.-

Bilen tog mig till en låg byggnad, chauffören sade mitt rumsnummer och sade att han plockar upp mig om 2 timmar. Försökte få någonting ur honom, men han sa att han bara lyder order och vet inget mer. Jag lyfte handleden där jag hade mitt inopererade chipkort och dörren öppnades. »Rum nr 5 är ert, Mr. Carter«, sade en behaglig kvinnoröst i högtalaren. Gick in i rummet, slängde väskan på sängen och gick och tog en snabb dusch för andra gången idag. Rummet var enkelt men bekvämt, tog en apelsinjuice från kylskåpet och slängde mig på sängen för att ta en funderare. Tänkte att det är onödigt att ställa frågor till skärmen, skulle inte leda någonstans. WSA, vad har dom för nytta av min expertis? Kan det vara möjligt att dom behöver ett förvaringsutrymme för besvärliga arbetare på månen eller en överförfriskad turist? Låter ju lite långsökt då det är bara den verkliga expertisen som hade ens möjlighet att ansöka om jobb på månbasen. Man ordnade ju månvandringar för turister också mot en passlig summa som skulle kunna föda hundratals människor. Så svårt att tro att någon av dom lyckligt lottade som hade råd med det skulle förstöra sin unika upplevelse med att supa sig full och gå bärsärkagång på månbasen. Försökte att inte tänka på saken utan istället ta en liten tupplur. Men det visade sig lönlöst, för mycket tankar i huvudet nu. Det var nu bara att vänta på att klockan skulle bli 8 så att bilen skulle komma och plocka upp mig. Tids nog skulle jag få svar på mina frågor. Prick klockan 8 såg jag från fönstret att samma bil med samma chaufför vände in framför dörren. Några andra människor hade jag inte sett idag. Så det var ju som att träffa en gammal bekant. Solen hade gått upp redan och det var behagligt varmt. Det hade nu gått 6 timmar sedan jag lämnade mörka och slaskiga Helsingfors bakom mig.

4 WSA

Blev eskorterad av den tystlåtna chauffören genom vad jag antog var huvuddörren till WSA Kennedy Space Center. WSA hette NASA nån gång för 100 år sedan eller så, men bytte namn då flera länders expertis och finansiering slogs samman för att ha möjlighet till större projekt och bättre möjligheter att forska i det okända. Det hade inte varit nån dans på rosor för WSA då dom flesta motsatte sig dom enorma miljardsatsningarna på projekt som inte tycktes leda någon vart. Visst hade man skapat baser på både Mars och månen, men föga hjälpte det eller tröstade folk som inte hade mat för dagen. Det gick rykten om att man byggde något stort rymdskepp och klara tecken på det var den allt tätare trafiken mellan månen och jorden, det här hade hållit på i flera år nu och gjort folk nervösa när man inte fick några klara svar.-

Blev ledd in i ett konferensrum där det var ett stort runt bord där 5 personer satt, skulle ha rymts säkert 25 personer till att sitta där. Alla reste sig och kom emot mig för att hälsa, först var Craig Thomas, den ledande figuren inom WSA. Jag hade sett honom otaliga gånger i nyhetsbulletiner och debatter, han brann för rymdforskning och försökte försvara dom ofantliga budgeter WSA hade, men den senaste tiden hade han synats mycket mindre i nyheterna då pressen mot WSA hela tiden ökade. »Tack för att du kom, John, och jag får be om ursäkt för våran klumpiga

kidnappning.« »Det är lugnt«, svarade jag, Floridas värme
före Finlands vinter duger som ursäkt.« Alla skrattade och
presenterade sig fort. Vi satte oss ner och Craig började:
»Du har säkert massor med frågor och tids nog besvarar
vi alla, men först en fråga åt dig. Hur går ditt projekt med
ICPA och chippandet av befolkningen framåt?« »Mr. Tho-
mas«, började jag, han avbröt mig genast »Craig bara om
jag får be, vi är inte formella mellan våra egna.« »Tack för
det, Craig«, mellan våra egna, vad fan menade han med
det? Jag fortsatte »för att vara ärlig så är det som att spotta i
motvind i en storm, ICPA ser det som en bra lösning, men
jag har börjat inse att projektet är ohållbart. Det skulle helt
enkelt ta för lång tid + att det är mycket mothåll också från
dom fattigaste. Dom ser det som ett hot mot deras frihet
och delvis har dom ju rätt. Eftersom det är jag som startat
projektet så måste jag väl bita i det sura äpplet och inse att
i varje fall i den skala det är tänkt så kommer det inte att
lyckas.« »Tack för din ärlighet«, svarade Craig. »Ungefär
vad vi tänkte oss också. Men Anders, tar du över en stund?
John börjar se ut som ett levande frågetecken«. »Ja, hej,
jag är alltså Anders Lind, ursprungligen från Sverige, så
förstår bra att du hellre är här än i Finland. Men jag är
projektledare för något som kommer att få dig att kippa
efter andan. Vi har hittat en jordliknande planet vart vi
kommer att skicka 1 600 människor för att bemanna den.
800 Adam och 800 Eva. Vi har ett rymdskepp som vi byggt
i 30 års tid via basen från månen, därför den livliga raket-
trafiken dom senaste åren. Det är också bråttom nu, vi har
konflikter i hela världen och risken finns att allt rinner ut
i sanden om vi inte kommer iväg snart.« Började kännas
väldigt varmt i rummet plötsligt. »Ursäkta att jag avbryter,
allt du säger låter helt fantastiskt, men vad har det här med

mig att göra?« Alla stirrade allvarligt på mig tills Anders tappade bomben. »John, vi vill att du ska leda gruppen.« »Ööö va, jag nej … nej nej nej, är det ett skämt?«, nu började jag känna mig riktigt illa till mods. Craig räddade mig och sade »vi tar 10 minuter här, Anders, stanna du kvar«. Jag ställde mig upp också, hällde i mineralvatten i ett glas och svepte det i mig. Jag tog några djupa andetag och försökte få något vettigt ur mig. »Kan du ta det en gång till, Anders? Tror inte att jag hörde rätt.« »Din reaktion är vad vi väntade oss, men vi kom inte på något bättre sätt. Skulle ha varit svårt med email.« »Ja, det skulle nog ha gått i skräpkorgen direkt«, svarade jag. Följande 2 timmars tid blev jag nu informerad om det mest fantastiska projekt som världen någonsin upplevt. Den första månfärden 1969 måste ha varit något enormt för människorna då. Men det här var något helt annat, här bleknade en månfärd till en bråkdel av vad dom här dårarna planerade. Jag hade inga som helst tankar på att ta del i projektet.

5 VIRIDIS

Efter två timmars föreläsning med mycket avbrytningar p.g.a. frågor av mig hade jag fått såpass mycket info att jag i det stora hela började få en helhetsbild. Quasitor 3, ett enormt rymdskepp som hade en längd på nästan 900 meter, hade byggts under 30 års tid av delar som skeppats via månbasen. Quasitor 3 var samma skepp som 1 och 2, men efter förbättringar och provturer i rymden hade man döpt om den allt eftersom. Den största chocken kom när jag frågade hur lång tid resan skulle ta. »Den är slutgiltlig, själva resan tar 400 år till Viridis som vi döpt den till, betyder grön på latin och eftersom jorden kallas »den blåa planeten« så varför inte?« Du kan se bilder på skärmen så förstår du vad jag menar.« Planeten var faktiskt mycket grön, så växtlighet var det inte brist på. Mycket blått också, men inte stora världshav som vi har på jorden. Craig fortsatte »resan görs i två etapper, ni sövs ner och väcks upp efter 200 år för en månads rehabilitering och återhämtning, sen ytterligare en 200-årsetapp tills ni är framme.« »Ååh«, fick jag ur mig och hoppades att jag inte hade gapat medan han berättade. »Men hur säkert är det här nedsövandet?« kunde inte ens tro mig själv att jag ställde frågan. Men hela historien var ju fascinerande. »Resan i sin helhet är relativt säker, nedsövandet har en risk på ca en promille att någon inte vaknar, så vi räknar med att 1 till 2 personer tyvärr inte klarar av resan. Men jag kan berätta att alla vi

fem i det här rummet har testat nedsövandet i perioder
från två veckor upp till ett halvår. Jack ville vara längst
förstås.« »Ville inte missa julen, annars kunde jag ha legat
hur länge som helst«, skrattade Jack. Jack Wiggum var en
av de otaliga bakom »Linda«, hyperdatorn som var alltiallo
i projektet. Linda var världens mest kraftfulla dator och
också den som gjorde en besättning för skeppet onödig.
Ralph fortsatte »du skall få träffa Lindas tvillingsyster idag,
Leyla. Ombord på Quasitor.« »Va?« kastade jag ut ur mig
igen som en byfåne. »Sa ni inte att skeppet var i rymden?«
»Vi har en exakt replik här för att kunna fixa eventuella
problem«, fortsatte Craig. »Och du kommer att få träffa
en annan intressant person också, men nu föreslår jag
lunch före vi tar oss till Quasitor.« Jag lufsade efter Craig
och dom andra och kände mig fullständigt vilsekommen.
Kände mig som en bonde i New York för första gången
i hans liv. Vi kom till en enorm cafeteria med säkert 20
meter upp till tak. Ingen gourmet, men snabbt och enkelt,
allt måste fungera, vi är totalt över 20 000 som jobbar här.
Ungefär hälften med Quasitorprojektet.« »Enkelt är bra«,
svarade jag och plockade åt mig från lunchbordet. »När
skulle avfärden vara?« frågade jag närmast av allmänt in-
tresse. »15 januari, år 2174 startar resan, med dig ombord
eller utan«, svarade Craig. Bara två månader kvar, räk-
nade jag, jag skulle ju hinna fira jul med föräldrarna före
avfärd. Vad fan höll på att hända, satt jag och övervägde
att ta del i projektet? »Jag vet vad du tänker, John, jag vet
att du har en nästan astronomisk lön. Den skulle tillfalla
dina föräldrar så länge dom lever, dom skulle kunna ha
ett mycket bekvämt liv efter din avfärd.« Tanken var ju
angenäm, jag hade en mycket hög lön och var urusel på
att använda pengar så det mesta växte på hög på banken.

Jag hade alltid sett till att mina föräldrar hade så att dom klarade sig bra. Jag var nästan alltid på resande fot och ICPA stod ju för kostnaderna med dagtraktamente och annat. Så min lön förblev nästan orörd, hade haft planer på att donera till behövande. Men vart och till vem, korrupta hjälporganisationer intresserade mig inte. Och hela världen levde ju i nöd, 90 % under existensnivå och nära på 50 % av världens befolkning svalt. Och ändå bara ökade befolkningen med 100-tals miljoner varje år, ingen visste på när hur stor befolkningen var nu, 12–12,5 miljarder var kanske en bra gissning. Pandemier kom och gick med sådan fart att vi inte visste vilken som var på gång, och bara en bråkdel fick hjälp för det. Flyktingströmningen hade varit ostoppbar i flera år redan. Enbart i Amerika låg den på omkring 500 miljoner människor, betydligt mera än ursprungsbefolkningen, och i Europa var situationen ännu värre. Dom som brukade jorden hade sina ägor bevakade med arméns hjälp, och dom drog sig inte för att skjuta skarpt heller. Någon socialbyrå dit man kunde gå och hämta hjälp hade inte existerat sedan början på 2100-talet. Det var en hopplös situation, politiker trodde ingen mera på. Alla körde sin egen agenda. Loppet började vara kört. Det var kanske därför det började gry små idéer i mitt huvud. Slippa bort från skiten, börja allt på nytt, göra det rätt. Utan giriga kungar, diktatorer, kanske till och med bort från hela kapitalisttänkandet.-

Efter lunchen förde en elektrisk minibuss utan chaufför oss till en väldig byggnad där en port öppnade sig och vi körde upp för en ramp. Vi steg ut och jag stod bara och stirrade, »Välkommen Mr. John Carter«, hördes en kvinnoröst från dolda högtalare, »jag har väntat på att få träffa dig, jag heter Leyla och är Lindas tvillingsyster«. »Säg

John bara«, fick jag ur mig. »Angenämt John«, svarade
Leyla. Anders fyllde i »Linda, i det här fallet lyder Leyla
minsta order du ger henne, och hennes kapacitet är så gott
som oändlig. Hon sköter navigeringen, dirigerar luften på
skeppet, övervakar dom nedsövda, proviantering, hon gör
t.o.m. personligt konditionsprogram till alla efter uppgif-
terna i microchipet när ni har er månadsvila efter 200 år.«
»Vad händer om något går snett med henne … Linda?«
frågade jag. »Det är närmast en mikroskopisk risk, största
orsaken till att vi ligger ungefär 5 år efter i tidtabellen är
att vi lagt till otaliga backupsystem, tro mig, vi har tänkt
på allt och också omöjliga saker. Hon tar er fram till målet,
Viridis. Sen ligger bollen hos er deltagare.« »Men när vi sa
att du skulle få träffa en intressant person menade vi inte
Leyla, hur intressant hon än må vara, jag ber om ursäkt,
Leyla«, sa Craig. För all del«, svarade Leyla genast. Craig
fortsatte, »nej, jag menade Miss Riya Mendis«. Craig visade
med handen bakom mig. Jag vände mig om och fick se en
leende otroligt tilltalande kvinna. »Angenämt att träffas,
Mr. John Carter«, sade hon och gav mig ett kraftigt hand-
tag. »Kalla mig John«, sade jag och kände att jag rodnade
och skämdes något otroligt över det. Craig tog över, »Riya
skulle vara din närmaste i ledet efter dig, och hon skulle
ta över om något hände dig.« Riya är läkare och har löjt-
nants grad från indiska armén där hon har skolat och lärt
soldater att klara sig i krissituationer och t.o.m. att utföra
smärre operationer i primitiva förhållanden. En benhård
människa som är skolad att klara av nästan alla möjliga
krissituationer.« »Vi säger så«, skrattade Riya. »Människan
är ju alltid som bäst på arbetsintervjuer.« Craig skrattade,
»blev tydligen grundlurad då«. Vi skrattade allihopa och
det lättade på stämningen omedelbart. »Vi lämnar er nu

på tu man hand så får ni bekanta er och Riya kan visa runt i skeppet. Har du ork för det ännu, John?« frågade Craig. »Jaja, ingen fara«, svarade jag. Kände mig lite tafatt när den fem man stora delegationen lämnade oss ensamma i det enorma skeppet. »Craig sa att du är läkare, jag menar du ser så ung ut«. »Tack för det, men jag är nog 34 redan.« »Ser man på, det skulle jag inte ha trott, jag är 44 och det tror man nog.« »Stilig 44-åring i så fall«, log Riya med den vita tandraden. Fan också, rodnade jag igen. Vi satte oss vid ett enkelt bord med några stolar, en robotvagn kom och tog våra beställningar, vi tog båda mineralvatten som kom fort. »Ja, Riya, jag har ju inte tackat ja till uppdraget«, fortsatte jag efter en stund. »Det kommer du att göra«, sa hon och log. Fan också, hon är ju nästan förtrollande, inte bara leendet, också dom mörkbruna nästan svarta ögonen och det svarta håret som nästan blänkte i blått. Riya fortsatte »som jag ser det har vi inget val, världen är på väg käpprakt åt helvetet, vi kommer att ha stora uppror inom nära framtid, det kommer att bli ett blodbad av oanade proportioner. Det finns starka gerillarörelser inom USA:s gränser och överallt i världen. Inget illa menat mot dina fängelsereformer, men tror du själv att dom har någon framtid?« Jag lutade mig framåt och satte händerna mot pannan och kände mig både trött och gammal. »Du har ju rätt på varje punkt, Riya, men hur har du tacklat problemet med föräldrar, familj och vänner?« »Ja, det blev ju ett jäkla liv förstås, men dom insåg väl till slut att det här är större än t.o.m. det, att WSA lovade stödja dom finansiellt hjälpte nog till också. Både föräldrarna och mina två bröder blev lovade riklig finansiell hjälp. I Indien hjälper ju barnen föräldrarna så länge dom lever, känns skönt att veta att jag kan göra det även om jag aldrig ser dem igen.« Jag såg att hon blev lite rörd när vi pratade om hennes familj och det kändes bra det med. »Jaha, Riya, ska du ta mig på grand tour?«.-

Vi vandrade omkring i det enorma skeppet medan Riya fyllde mig med information. Nästan 900 meter långt och i 3 våningar, atom- och solkraftsdrivet. Man kunde nästan prata om en liten stad. En maximikapacitet för över 10 000 människor, helt klart byggt för immigration till bobara planeter. Nu på väg på sin första långfärd med 1 600 människor. Möjligen dömda till döden eller till ett liv i ett nytt paradis. Vi stannade framför ett enormt svart block, 20 meter brett och säkert 50 meter långt. Riya visade med handen åt mig att sätta mig i en soffa, fanns mycket av liknande soffgrupper utspridda överallt. Myshörnor att umgås i.-

»Hej Leyla«, sade Riya. »Hej Riya och John«, svarade lådan. »Ursäkta mitt utseende, jag har lagt på hullet dom senaste åren«. »Det händer även dom bästa«, svarade jag. »Testa henne«, sa Riya. »Hur då?« undrade jag. »Hon kan göra det mesta och vet allt, upp till dig.« »Leyla, kan du ringa upp Ralph Wilkins på ICPA?« sade jag. »Hologram?« frågade Leyla. »Ja, det blir bra«. Efter några sekunder uppenbarade sig Ralph ett par meter framför oss.« Godafton, Riya och John«, började Ralph. »Jaså, ni känner varandra?« svarade jag förbluffad för tusende gången idag. »Sen några månader tillbaka«, svarade Riya. »Det har varit mitt uppdrag att hitta en passlig ledare för projektet. John, du är i en klass för dig själv, om du väljer att inte delta kommer jag att leda projektet, men jag vill ha dig med.« Jag var inte van vid genuint smicker och försökte smita undan. »Ralph, vad har du att säga om allt det här?« »Skulle jag inte vara så jävla gammal så skulle jag göra allt för att få komma med, projektet har ju sina risker, men börjar kännas att riskerna att överleva på jorden är ännu mindre. Stick iväg nu bara, jag har på känn att det här är sista chansen. WSA kommer att rasa när det blir uppror, det är det första som folket kommer att rikta sitt hat mot. Och en sak till, John, dina föräldrar vet om det här!« »Va?« utbrast jag. Jag tittade på Riya, »ja, jag har väl pratat lite med dem också«, hon såg väldigt osäker ut, nästan gråtfärdig. Jag tyckte synd om henne och klappade henne på armen. »Leyla, får du mina föräldrar med hit också?«.- Efter nån sekund var vi då fem på »mötet« efter att mina föräldrar kommit med. »Hej mamma och pappa, ja, det händer konstigheter här.« »Hej älskling«, började mamma. Jag förstår att du är konfunderad«, fyllde pappa i. »Ja, det kan man lugnt säga, i morse var jag i Helsingfors och nu vill alla ha mig iväg för alltid.« Mamma fortsatte, »ingen vill ha iväg dig, det är bara som saken är nu. Och tänk inte på oss, vi vill alltid ditt bästa. Du kan bygga upp något stort. Riya har förklarat allt för oss, fantastisk människa är hon, skulle vara en perfekt match för dig.« »Mamma«, utbrast jag och var säker på att jag var röd som en mogen tomat i nyllet. Riya satt och höll sig för skratt, bredvid mig. »Ja, tack ska ni ha alla, och som sagt, jag har inte bestämt mig för det ena eller det andra, jag måste fundera. Och mamma och pappa, jag kommer över till julen som planerat. Och Ralph, behöver du mig till något innan jag …?«, fan också. »Ja, god kväll på er«. Hologrammen försvann och jag lutade mig bakåt i soffan och slöt ögonen. »Skulle det sitta med en drink?« frågade Riya. »Hur många då är frågan, en Chivas skulle sitta till att börja med.« Robotvagnen kom tillbaka med två Chivas Regal, jag fyllde på is i glasen. »Skål«, sade jag och tog en klunk. »Vilken dag, vilken infobomb, en chock genom hela systemet.«-

Vi satt tysta en stund tills Riya tog till orda, »förlåt, John, att jag gjort intrång på ditt privata område, men Craig sa att det är nödvändigt«. »Craig har helt rätt i det, det är ingen småsak det här. Kostnaderna för det här är astronomiska och egentligen ganska osjälviska när man tänker att dom inblandade aldrig kommer att få se resultatet av projektet.« Det finns faktiskt dom som har tänkt söva ner sig för 800 år och hoppa på bussen nästa gång den kommer«, visste Riya att berätta. Jag skakade på huvudet, »ja, det kräver mod, fan, risken finns ju att man blir uppäten av en hungrig mobb eller liknande, 800 år, otroligt, vi ska ju ändå bara sövas i etapper på 200 år …« »det var andra gången du försa dig ikväll, är du på väg med?« frågade Riya och tittade på mig. Jag tittade Riya i ögonen och svarade, »Ja, för fan, jag ska med.« –

Riya skrek till och omfamnade mig hårt. »Tack, John, tack, jag skulle ju ha åkt utan dig också, men jag tycker att vi är ett så bra par … arbetspar menar jag«. Nu var det min tur att skratta. »Visst är vi det, visst är vi det.« Riya fortsatte lycklig, »Craig kommer att bli så lättad när han får höra det här, han sa genast att du kommer med, men jag är kanske en tvivlare in i det sista, vilken lättnad, tack John.« »Tack själv«, fortsatte jag. »Nu när beslutet är gjort känns det som en stor lättnad, nu ser jag faktiskt fram emot det. Jag var bokad för Bryssel nästa vecka där jag skulle göra avstickare till ett par grannländer för konsultation. Mer eller mindre hopplösa projekt som jag skulle ge en uppiggande injektion åt för att dom skulle hållas vid liv. Men nu kan vi börja koncentrera oss på att hålla 1 600 människor vid liv, i vår nya värld.«-

»Fantastiska nyheter«, sa Craig och sken som solen. »Sista pusselbiten på plats, ni kommer att bli ett fantastiskt par att leda expeditionen.« »Det tvivlar jag inte en sekund på, såg ju direkt vilken skarp dam du valt i Riya«, jag såg på Riya som log och såg lättad ut. »Nu får du ge en överblick i vad som väntar före avfärden åt John, Riya«, sa Craig.-

Riya tog till orda, »Vårt närmaste jobb blir nu att välja ut deltagarna, vi fick över 100 000 ansökningar som vi nu trappat ned till 3 000. 200 specialister inom olika branscher är redan valda, läkare, veterinärer, ingenjörer inom bygg, båtbygge, vägbygge etcetera. Vidare sjuksköterskor, barnmorskor, flera tekniker inom energiutveckling, och en hel del fler som jag inte kommer på nu. Ja, agronomer förstås. Allt nödvändigt är påtänkt och alla specialisterna har en viss vana att leda mindre grupper samt är beredda på att skola folk. Vi kommer ju på sätt och vis att komma till stenåldern med relativt mycket teknologi till en början. Men all telekommunikation, solceller osv. har bara en viss livslängd så vi kommer efter en generation eller så att rutscha tillbaka några hundra år i den jordliga utvecklingen så att säga. Men det är därför viktigt att vi för vidare kunskapen om teknologin för framtida generationer så att dom så småningom kan utveckla den på nytt. Och om vi inte skolar följande generation så är vi ju fort tillbaka på stenåldern på riktigt.« Craig sköt in, »Det som vi vill att du funderar på är den politiska uppbyggnaden av gruppen, vi vill ju inte att Viridis ser ut som jorden idag efter 4–5 000 år«. »Ja, det var faktiskt det första som jag fick i huvudet före jag tackade ja till uppdraget, var ju just det du nämnde. Demokrati är uteslutet i en så här liten grupp, det skulle aldrig fungera och kunde leda till farligheter. Likaså monarki eller diktatur. Anarkism och kommunism har aldrig riktigt testats och har alltid fått ett slut som i Orwells bok »alla djur är lika, men vissa djur är mera jämlika än andra«.

Vi måste ändå skapa ett samhälle där alla känner sig viktiga och alla drar sitt strå till stacken. Och att helt enkelt ta bort det tankesättet, att det finns en maktposition. Jag har en plan som snurrar i huvudet, berättar mera när jag har den klar«, avslutade jag. »Härligt«, sa Craig, »jag ser nu att vi har valt rätt person med Riya till att leda projektet.« »Ja, plus att vi jobbar gratis«, måste jag skjuta in. Vi skrattade gott och Craig tyckte det var en bra idé att plocka fram en champagneflaska. När han fyllde på glasen sköt jag ändå in att jag var mycket tacksam för att WSA lovat ta hand om våra familjer. »Skål då till det största som hänt i modern historia«, sa Craig och vi instämde.- Jag sov den natten på Quasitor, det gjorde Riya också i rummet bredvid. Det var ganska små rum, som hytten i en båt ungefär, säng, 2 stolar, litet bord, badrum. Förstod att alla rum på Quasitor var likadana. Gillade duschen, »Leyla, dusch 37 grader, torka varmt« och blåsande varmluft torkade kroppen. »Leyla, torka svalt.« Lätt och bekvämt, någon handduk behövdes inte. Kändes som man inte riktigt var ensam när Leylas kommandon kom ofelbart och omedelbart. »Leyla, ser du mig, eller hör du mig bara?« »All min vetskap och följande kommer via microchipet du har, jag har ingen möjlighet att se dig, tyvärr.« »Inte mycket att se på, kan jag berätta.« »Var inte så anspråkslös«, svarade Leyla. Skrattade lätt och frågade »är Riya vaken?«. »Riya är i cafeterian, ska jag kalla på henne?« »Nej tack, jag tar mig dit«. –

Riya satt i sina tankar när jag närmade mig henne. »Åh hej, satt i mina tankar, såg dig inte komma.« Är det nåt som bekymrar dig?«. »Inte alls«, svarade hon. »Satt mest och funderade på familjen, det blir ju lite moloket hur man än ser på saken.« Vet hur du känner dig, du har inte berättat något om din familj, Riya.« »Ganska typisk medelklassfamilj skulle jag säga, pappa är ju relativt framgångsrik skräddare och har skolat upp mina bröder sen dom var små. Vi har väl ett 20 tal filialer, närmast i Indien. Men också en i London och pappa kom då och då dit då jag studerade medicin på Cambridge. Mina bröder är båda gifta och har typiska indiska familjer. »Och du då, du har aldrig funderat på att skaffa familj och barn?« »Jag hade ett par kortare förhållanden under Cambridgetiden, men jag var alltid så insatt i studerande och forskande så killarna tappade intresset, och jag också för den delen. Brittiskt publiv har aldrig intresserat mig, så fick väl ett rykte som tråkmåns så det blev mindre uppvaktning mot slutstadiet av studierna. Och det passade mig utmärkt. På soldatakademin i Indien hade dom manliga för stor respekt för mig så tror att ingen vågade närma sig mig«, svarade Riya skrattande. Fan va hon var vacker, tänkte jag och gick efter kaffet. Riya ropade efter mig »tro inte att du kan smita undan, finns det ingen Mrs. Carter inom nära håll?« »Lite samma historia som din, förutom skräddarna och medicinutbildningen. Tänkte närmast på det där med arbete, alltid nåt jäkla projekt på gång. Och när man tänker på hur kort livet är så känns det ju så onödigt. Mitt senaste förhållande tog slut när vi aldrig fick tidtabellerna att fungera. Kunde gå en månad utan att vi såg varandra. Så vi såg ingen mening i att fortsätta. »Cynthia«, sa Riya. »Ja«, skrattade jag, »Cynthia«. »Förlåt«, sa Riya. »Jag vet nog inte så mycket om ditt privatliv, det var din mamma som nämnde henne, fan, det lät ju inte så bra heller.« Vi skrattade båda, »ja men skit i det, det förflutna är långt gånget. Nu kan vi se framåt med fart. Vi hoppar ju 400 år i tiden snart. »Vi måste sätta i gång med urvalet av deltagarna, jag kan lägga upp det. Jag var med och grovsorterade dom första.

Vi skrattade nästan så tårarna föll vid vissa fall med Craig. »Får jag och min bästa kompis sova i samma tält?« »Vilken tid blir det läggdags på kvällarna?« »Har ni myggkräm eller måste man ta med det?«, osv. Jag lutade huvudet bakåt och gapskrattade, »jäkla tur jag slapp det«.

6 ANSÖK-NINGARNA

Riya föreslog en picknick vid stranden, och där kunde vi meddetsamma ta en titt på ansökningarna vilka vi skulle reducera ned till 1 398 st. De 200 specialisterna var ju klara och jag och Riya. »Det måste vara 20 år sen jag varit på picknick, låter kanon«, svarade jag. »Jag har fixat lite mat ock dryck med och så tar jag den lilla skärmen med så kan vi gå igenom några ansökningar«, svarade Riya. »Har till och med en WSA-keps åt dig, solen är brännande.« »Du tycks vara bra på sånt här, jag skulle antagligen tappat bort mig och bränt mig ordentligt. Skönt att ha nån med som tänker först och utför senare. Lite åt andra hållet med mig«, fortsatte jag. »Försök inte, jag är ganska insatt i dina jobb«, skrattade Riya.-

Den tystlåtna jätten fungerade som chaufför igen ner mot stranden. Vi parkerade utanför något som för länge sedan fungerat som strandbar eller liknande. Lite förfallet kanske, men vackert beläget och vi hade skydd för den brännande solen. Vi satte oss vid ett bord. Den tystlåtna jätten sade »förlåt, Mr. Carter, får jag lov att säga några ord?« »Självklart, och kalla mig John, jag visste inte ens att du kunde prata.« »Tack si…John, ja, jag ville bara berätta att jag är en av dom ansökande. Craig tyckte att jag vore en bra match för uppdraget, jag vill inte att ni tar det här i beaktande när ni väljer ut dom resterande utan följer era egna val.« »Det var nytt för mig också«, svarade Riya. »Slå dig ner med oss vet jag«, fortsatte jag. »Berätta, vem är du, jag blev nyfiken«, fyllde Riya i. »Ja, jag heter alltså Mike Richter, sergeant till graden och är med i en grupp som ansvarar över säkerheten på området. Jag fungerar också som Craigs livvakt när han åker utanför spacecentret, han är ju en mycket kontroversiell person i dagens läge. »Ja, jag har förstått det, är du uppvuxen i Fort Lauderdale?« frågade jag. »Hela mitt korta liv, jag fyller 24 snart och här har jag bott hela tiden. Vi bodde väl mer eller mindre i ett slumområde, men vi hade tak över huvudet och ibland elektricitet, beroende på om mamma hann betala räkningen före pappa söp upp den. Pappa var alkoholist och så länge jag kommer ihåg så var han konstant full. Han var dessutom mycket aggressiv och jag och mamma fick känna av det. Men jag var storväxt redan som liten och som fjortonåring gav jag ett kok stryk åt honom efter att han kom hem full igen, efter det vågade han inte mera ge sig på oss utan koncentrerade sig på att slå sönder det lilla vi hade hemma. När jag var 16 år ringde dom från sjukhuset och sa att pappa varit i knivslagsmål och skulle inte klara det. Vi kom till hans säng när han skrek ut sina sista ord »det är ju fantastiskt«, sen dog han. Sköterskan sa att »han var säkert en fin man när han levde«. Hans sista ord var säkert menade till den sista ölen han drack, tänkte jag. Mamma svarade, »kremera svinet och släng askan på soptippen«. Så vände hon på klacken och gick bort. Mamma dog 2 år senare i en pandemi, i varje fall fick hon lite lugn före hon gick bort. Efter det tog jag mig till Fort Moore i Georgia för arméns grundutbildning och på den vägen är det. Det var inte meningen att bli en snyfthistoria, det finns många liknande historier som denna där ute. Jag är tacksam för allt armén gett mig.« Riya tittade på mig sorgset, nästan med tårar i ögonen. »Mike, vad skulle du tycka om ifall jag valde dig som min och Riyas högra hand på det här uppdraget? Vi behöver någon som dig.« Mike sken upp, »det vore fantastiskt, jag skulle tacka ja förstås«, sen blev han allvarligare. »Men vad skulle Craig säga om det här?« Jag fortsatte »ja, det skiter jag faktiskt fullständigt i, han har valt mig som ledare för gruppen. Han får helt enkelt finna sig i saken«, sa jag med ett leende. »Välkommen ombord.« Mike flög upp och sträckte sina svarta armar mot taket. Tack John, tack Riya, det här kommer ni inte att ångra.« Han kramade om oss båda samtidigt och det var nu jag märkte hur enorm han var. Vi skrattade alla och satte oss igen. Riya plockade upp smörgåsar och dricka från korgen, vi åt och småpratade.-

»Men spela upp nån ansökan, Riya, så vi kommer igång«, bad jag Riya. »Vill ni att jag går bort?« frågade Mike. » »Stanna kvar du, vi är ju dom tre musketörerna«, skrattade Riya. »Jag tror du kan vara bra på det här.« »Ok, vi sätter igång, alla ansökande har blivit ombedda att göra en 2 minuter lång snutt om sig själva. Alla är chippade så dom har alla genomgått automatiska hälsokontroller och generna är kollade. Det är egentligen små nyanser vi är ute efter. En sak som kan låta konstigt i dagens värld är det att alla är heterosexuella. Ni förstår säkert varför, vi ska ju faktiskt kolonisera en ny planet. Men ladies and playboys, här kommer den första. Trine Gudjohnsen från Reykjavik, Island.« Trine var en sportig 20-årig flicka som skulle ha fungerat som modell i vilken damtidning som helst. Hon avslutade glatt med att säga »Jag är vegetarian men det är knappast något hinder, finns säkert mycket ätbara växter på Viridis«. »Hon ballade väl bort sin ansökan i den sista meningen«, sade Mike. »Fan också, skulle annars gärna ha träffat henne.« Vi skrattade, »ja, tyvärr, sade jag, man måste nog vara beredd på att äta vad som helst. Men hon var ganska lätt att välja bort, men i fortsättningen kan det vara besvärligare, vi måste gå på känsla. Är du beredd på att bo med den här personen för ditt resterande liv? Vi tar oss till Quasitor nu och sätter igång, vi delar in ansökningarna på tre. Är ni osäkra sätter ni personen i »kanske«-filen och så ser vi över dom tillsammans till sist. Jag meddelar Craig att du nu är med i vårt projekt och att din militära karriär är över.« »Dagen fick ju en vända«, svarade Mike. »Men jag är glad, tacksam och taggad till tusen.« Riya svarade »jag tror jag talar för både mig och John när jag säger att glädjen är på vår sida, vi har massor med jobb så det kan hända att du snart längtar tillbaka till armén igen«. »Nej«, svarade Mike, »så som världen ser ut kommer det att hända mycket otrevliga saker inom nära framtid, det känns som ni gett mig en livbåt.«-

»Jag ser att du har en fin känsla för människor«, sade Craig. »Samtidigt som det grämer mig att förlora honom är jag glad att han får chansen. Tufft liv har han genomgått och jag tackar dig för att du ger honom chansen, en lojalare kille får man leta efter!« »Ja, vi fattade tycke för honom både Riya och jag, jag har tagit med honom med oss att välja deltagarna«. »Det är bra, delegera uppgifter åt honom, han gör dem till punkt och pricka«, jag skakade hand med Craig och gick till Quasitor för att fortsätta vårt arbete. Dom närmaste dagarna kom vi en bra bit på väg i ansökningarna, generellt sett var dom mycket lika. Ungdomar i åldern 18–25, dom flesta sportiga, friska givetvis, vilket redan microchipet hade avslöjat. Ingen använde ens glasögon. Det kan ju låta lite överdrivet, som om man sökte supermänniskor med extra goda gener. Och det var ju exakt hur det var hur man än vände och vred på saken. Man ville minimera riskerna, den här gruppen skulle ju bemanna en ny planet och till det var gruppen försvinnande liten. Men det som WSA hoppades på var att det skulle bildas par som ville bilda familj och att genpolen skulle räcka till så att det efter några generationer skulle finnas tiotusentals människor som bemannade den nya planeten. Jag började känna mig gammal, och kanske lite utomstående som den klart äldsta deltagaren. Och ändå var det jag som skulle skapa fram en babyboom som själv aldrig ens hade haft några barn eller ens haft tid att tänka på sådant. Jag tror Riya gick i lite liknande tankebanor och visst hade jag märkt ett visst intresse från hennes håll. Och det bästa var ju att vi fungerade otroligt bra tillsammans. Men hon var ju 10 år yngre och bland specialisterna fanns det manligt sällskap i hennes ålder. Specialisterna skulle komma till Quasitor 15 dagar före avfärden så det var en knapp vecka dit. Tillsammans hade vi sen ett par veckor att förbereda före deltagarna skulle komma några dagar före avfärden. Jag frågade tidigare hur det skulle gå om nån fick »kalla fötter« och ville hoppa av projektet. Det berättades för mig att så fort man sagt ja till projektet fanns ingen återvändo, och det här hade också noggrant förklarats för deltagarna. I värsta fall blev man tvångsnedsövd, och det betydde också att man inte blev uppväckt efter 200 år utan fick vara nedsövd 400 år i sträck. Allt för att minska riskerna att det vid uppvakning skulle bli problem igen. Riskerna att man inte vaknade efter 400 års nedsövning var betydligt större än vid 2x200 års period. Ja, man hade räknat ut att risken att man inte vaknade upp steg från en promille till upp emot 5 %. Så jag trodde inte vi skulle ha några problem på den sidan.-

Tiden gick och julen närmade sig, Riya skulle ta en avstickare till Indien för att ta avsked av sin familj. Jag skulle till New Jersey för att göra det samma samt fira jul för sista gången med dem. »Mike, har du lust att följa med till mitt föräldrahem över julen?« Det kom ganska spontant av mig, men jag visste ju att han inte hade någon familj kvar. »Tack chefen för inbjudan, men jag tror att det är bäst att du får göra ditt avsked med dina nära och kära utan mig, jag är bara till besvär.« »Struntprat«, svarade jag. Mamma skulle bli överlycklig om hon skulle få ta hand om dig. Dessutom finns det alltid för mycket mat på bordet så på det här viset får vi ordning på svinnet.« »Ja, när du framför det så där så, jag kommer gärna. Jag har egentligen aldrig upplevt en jul, dom på garnisonen var inte mycket annat än ätande och supande. Och när jag inte rört i skiten efter att jag såg hur det gick med farsan så drog jag mig alltid bort när det började gå vilt till.« Kanon«, sa jag. »Jag meddelar mamma, hon kommer att bli lycklig.«

7 JULEN

Julen var precis som jag föreställde mig den. För mycket mat, ompysslande från mammas sida och i synnerhet mot Mike som hon föll pladask för. Vi blev uppassade hela tiden då mamma bar fram chokladkonfektr och godsaker i en sällan sedd bana. Jag måste riktigt fråga om hon försökte se till att vi skulle få diabetes före avfärden. Mike däremot var lycklig och tackade aldrig nej utan njöt av uppassningen han aldrig hade upplevt förut. Jag hade varit frikostig i mina presenter, pappa fick sin lövblåsare han saknat till sitt annars rikliga trädgårdsförråd. Mamma fick en ny diskmaskin som vi lyckades installera tillsammans med Mike, och att inte glömma jultomten med släden jag inhandlade i Helsingfors. Till Mike hade jag och Riya tillsammans köpt en jaktkniv med medföljande knivhölje och slipsten. Vi hade graverat den med texten, Till våran vän Mike, julen 2173 John & Riya. Mike stirrade tårögd på den, »det här är det finaste någon gett mig, tack, jag ska alltid ha den med mig«. Jag berättade för mina föräldrar att jag överfört alla mina besparingar till deras konto och att dom kunde leva i överflöd om dom ville. Dessutom skulle dom månatligen få den lön jag hade på ICPA. Och som jag framförde saken, »dit jag ska, har pengar ingen betydelse«. Det kändes som en enorm befrielse faktiskt, det är väl så buddhistmunkarna måste känna sig. Ingen stress från den kapitalistiska världen. Kvällen före avfärd till Fort Lauderdale fick jag ett samtal från Riya. »Hej, hur har julfirandet gått?« »Tackar som frågar, känner mig som en övergödd broiler. Mike däremot tycks vara bottenlös, du själv då?« »Ja, julen firas ju inte i våra kretsar, vi har väl olika åsikter om hur himlafärden ska gå till i motsats till er kristna«, skrattade hon. »Ja, jag vet i varje fall att min himlafärd börjar om 3 veckor, vi åker i morgon mot spacecentret, när kommer du?« »Ja, samma här, i morgon eftermiddag är jag där. Och en sak till, jag saknar dig.« Jag svalde och svarade »ja, jag saknar dig också«. »Kan vi tala om det imorgon?« frågade hon lite osäkert. »Absolut, det ska vi, godnatt.« »Godnatt, John«.-

Det blev ju ett vemodigt avsked med mycket tårar från båda sidor, pappa försökte kämpa emot tårarna, dessvärre utan att lyckas. Pappas sista ord var, »jag är otroligt stolt över dig, men det känns ju hårt. Men ha inte dåligt samvete, och du har ju dessutom sett till att vi har det bra för resten av livet. Vad mera kan man begära av en son?« Mamma mest grät och önskade lycka till. Från dörren hojtade hon ännu »Mike, ta hand om min son«, Mike svarade »ni har inget att oroa er för när han är i mitt sällskap.« Vi steg in i den lilla eldrivna helikoptern WSA hade insisterat på att vi måste använda. Riskerna började bli för stora på gatan utanför övervakade områden.

8 RIYA

Jag tog mig genast till mitt rum på Quasitor när vi kom fram, vemodig men också lättad att få avskedet med mamma och pappa undanstökat. Det hade gnagt i mitt bakhuvud länge. Jag låg en stund på sängen och samlade mina tankar. Månne Riya hade kommit redan, jag beslöt att ta en dusch och fråga Leyla efter det. Leyla, kan du spela något klassiskt från min lista? bad jag henne. Leyla valde Motorhead och »Ace of Spades«. »Don't forget the joker«, joddlade jag med i duschen. Efter duschen frågade jag Leyla »har Riya kommit?«. »Ja, hon är i cafeterian, skall jag kalla på henne?« Jag nöjde mig med att svara »nej tack«. Kände mig nervös, otroligt nervös. Jag visste ju inte hur Riyas känslor var gentemot mina. Fan också, kände mig som en osäker 15-åring som funderade på om finnen på näsan lyste som ett fyrtorn i det dunkla ljuset på skoldansen. Finnen var ju borta nu så det var väl bara att gå och se vad domen är. Riya satt med ryggen åt från hållet jag kom och där satt hon och pratade med Mike. Jag var på några meters avstånd från bordet när hon märkte mig och kom emot mig. Hon kramade mig hårt, sen vet jag faktiskt inte vad som hände, men efter nån sekund kysste vi varandra hårt och passionerat. Jag kände hur tårarna rann längs kinderna, vet inte om det var hennes eller mina. Antagligen bådas. »Wowwowwow, får jag inte vara bestman på bröllopet så är jag mycket besviken«, skrattade Mike. Sen skrattade vi alla av både hysteri och lättnad att den biten var överstökad. »Vad hände?« undrade jag och skrattade lyckligt samtidigt som jag satt och höll Riya i handen. »Jag har känt så här en tid, men visste inte riktigt hur jag skulle agera. Skönt att det kom så här spontant«, skrattade Riya. »Jag instämmer, inte riktigt i mitt expertisområde det här, men jag är lycklig«, svarade jag. »Jag såg det nog komma, men för en gångs skull såg jag som bäst att inte blanda mig i«, skrattade Mike. Vi beställde mat från robotvagnen och berättade om vår jul och avskedet från familjen. Mike berättade att det var en fantastisk upplevelse att få fira jul i en normal familj, »jag hoppas jag får en egen familj som jag kan fira jul med också«. »Familjeliv är väl något vi alla drömmer om, och jag har hört att singelmarknaden ser ganska ljus ut i framtiden. Därför måste jag ju reservera den bästa före skönheterna anländer«, skrattade Riya. »Tror lyckan är på min sida«, fortsatte jag. »Det är ju spännande tider vi har framför oss, och hur kommer början att se ut?« fortsatte jag. »Vindskydd med utedass duger för mig till en början, bara jag har dig med mig, inte på dasset förstås«, skrattade Riya. »Vi får väl pusha på ingenjörerna att dom fixar något åt oss, bara det bästa duger till Viridis prinsessa«, tyckte Mike. »Bra tänkt där«, sköt jag in. Vi satt ännu ett par timmar och småpratade samt planerade specialisternas anländande. Snart skulle det finnas 200 människor till här.

Men just nu var Riya det som var huvudpunkten i mitt liv, jag var kär kanske för första gången i mitt liv och det kändes otroligt bra. Och efter den här dagen bodde vi i samma rum.

9 SPECIALIS-TERNA

Jag vaknade nån minut före Leyla skulle väcka oss. Tittade på Riya där hon sov ännu, det långa svarta håret matchade bra mot dom vita lakanen. Kysste henne på ryggen och hon vände sig leende, »gomorron, du är vaken redan.« »Ville ta en minut och titta på dig, sov du bra, jag menar det är ju inte världens bredaste säng.« »Jag sov lyckligt och bra, och om det var för trångt i sängen kan du ju prova med Mike«, skrattade hon. »Jag tror Mike har svårt att rymmas ensam i sin säng så jag får nöja mig med dig«, svarade jag. »Det får du och länge med, men vi har bara ett badrum så jag går till mitt rum och tar en dusch där och så träffas vi i cafeterian, vi har mycket att planera.« »Ajaj, min sköna, vi syns där.« »Spela klassiskt«, bad jag Leyla när jag stod i duschen. Jaha, tänkte jag och log när Leyla spelade upp, »It's so easy to fall in love«, med Linda Ronstadt. Började misstänka att hon ljög när hon sa att hon bara kan följa oss med microchippet, klart hon visste att vi sov tillsammans genom det, men skulle rodna om hon faktiskt också såg vad vi höll på med. Kanske inte bra tidpunkt att bli paranoid nu. »Tack för musiken, Leyla, vad fick dig att välja den?« Leyla svarade »jag är ju programme-rad att kunna ta fast i vissa känslor, men var inte orolig, jag kan fortfarande inte se dig.« Fan också, är hon tankeläsare också? Dags för kaffe innan jag flippar. Mike var redan där, och jag visste från tidigare att det tar betydligt längre för kvinnfolk att bli klara. Så jag tog mitt kaffe och satte mig med Mike. »Nååå«, sa Mike, » Äh, håll truten«, sa jag skrattande. »Visa listan på specialisterna igen«, Mike plockade fram den från sin portfölj. »Tack«, sa jag. Jag ögnade igenom den och sa »vi väntar på Riya så delar vi in den i 2 grupper«. »Två, varför det?« svarade Mike. »Vi tar det när Riya kommer, har lärt mig att det är ingen skillnad om det är två eller hundra personer, när man skall förklara en sak så är det bättre att ta alla hundra på en gång. Det sparar både tid och nerver.« »Kanske du borde valt armén istället, som från textboken«, skrattade Mike bullrande. »Jag är nog för mycket av pacifist för sådant«, svarade jag. Riya kom till bordet och som väntat var hon som färdig för galamiddag. Jag lyfte ett finger mot Mike »Gomorron räcker, tack«. »Gomorron«, sade Riya. »Jag ser att ni har listorna framme. Jag tar en kaffe så sätter vi igång, om det passar att vi tar frukosten om en stund.« »Jag har redan ätit frukost«, svarade Mike. »Oj, så jag är förvånad av det«, sade jag. Vi stojade och kastade välmenade pikar en stund tills jag började.-

»Vi delar på hela bunten 800 och 800 och stationerar dom ett par hundra km från varandra«, Mike och Riya stirrade förvånat på mig. »Lugn, snart får ni fråga«, fortsatte jag. »Det här gör vi för att minimera riskerna, vi bygger två samhällen. Vi har ingen aning om vad som väntar oss, vad händer om det blir en jordbävning, tsunami, ett giftigt getinganfall av mått vi inte har räknat med. Ja, för fan, kanske t.o.m. Tyrannysaurus rex lurar på oss. Vi har ju ingen aning om hur det ser ut där annat än det vi hört att det är grönt och trevligt. Soniderna har berättat att luften och dragningskraften är ungefär lika, dygnslängden lite längre och att planeten är lite större. Mike sträckte upp ett finger. »Fråga på«, sa jag. »Jag tänkte på oss i den där indelningen, annars tycker jag resonemanget verkar vettigt. Ska nån av oss tre splittras?« Mike såg bekymrat på mig. »Vi tre håller ihop, det lovar jag, vi är stommen i grupp ett, specialisterna fördelar vi efter kunskap jämlikt. Båda grupperna skall vara lika starka och vi ska välja tre ledare dit också när vi lärt känna dem lite.« Mike sken upp »jee, dom tre musketerna«, »Dom tre musketörerna«, rättade Riya och skrattade. »Jag tror«, sa Riya, »att vi väntar med att dela in grupperna tills vi sett dynamiken där, vem klickar med vem och så.« »Du har nog rätt, vi får nöja oss med att dela in hur många områden och vilket deras specialområde är«, svarade jag. »Det blir alltså per grupp då 6 läkare, 6 utbildade sjukvårdare, 32 husbyggare, 4 veterinärer, 4 båtbyggare, 6 vägbyggare, 6 som specialiserat sig inom energilösningar, 18 agronomer, 6 lärare, 4 fiskare och 8 jägare.« »Var kommer vi in?« frågade Mike. »Om jag nu räknat rätt så blir det per grupp 100 specialister + vi 3, så då kommer ju vi att bli för många med 700 deltagare« »Bra fråga, Mike, som jag ser det så är vi deltagare, den här Kung, drottning, prins-indelningen kommer att ta slut så fort vi kommit fram till Viridis. Visserligen kommer vi ju att ha en i mitt tycke onödig pondus i början. Det behövs en del delegering i början och folk kommer att ty sig till oss. Men så får det inte vara i framtiden.« »Men nu blev jag hungrig, vi käkar och så berättar jag lite om min politiska idé, ja, Riya vet ju lite om det.« »Ja, jag blev lite hungrig jag också«, sade Mike. »Ja, det har väl gått en halvtimme sen sist du fick något i dig«, skrattade Riya.-

Vi fortsatte efter en lätt frukost. »Ja, jag nämnde vagt åt Craig tidigare att vi måste få ett funktionerande politiskt system. Mår nästan illa när man måste använda ordet »politik« i dagens läge. Det demokratiska spelet har spårat ur totalt och jordens människor har tappat tron på politikerna fullständigt. Folket, då menar jag närmast eliten då, dom chippade har delat in sig i olika läger. Dom som svälter skiter blanka fan i vems tur det är att sitta på ljugarbänken. Det syns redan på röstningsprocenten som är obefintlig mot vad den var för 100 år sen och mer. Och dom flesta som finns i t.ex. USA har ju ingen rösträtt i det här landet, jag menar hur skall det fungera när inte majoriteten får bestämma om någonting? Nå, vi har ju inte dom problemen ännu. Men i en liten grupp kan problemen bli farliga också. Tänk er att vi ska rösta om var vi ska bygga ett sjukhus, och rösterna faller 410–390, klart moralen sjunker för dom 390 som är uttänkta att hjälpa till där. Diktatur är ju uteslutet också, lite samma där, delar människorna. Nej, jag tänkte mig något så enkelt som en bykommitté. 20 personer som sitter en vecka i taget, kanske 2–3 möten om det behövs. Så väljer dom varje vecka en »byäldste«, det kan vara samma person om dom tycker han är passande. Sen vid svårare beslut kan dom kalla in specialister som ger sina insikter. Om vi nu tar t.ex. sjukhusbyggandet igen. Jag skulle själv se att en byggnadsingenjör funderar ut var den skulle vara bäst placerad, gällande åtkomst, avlopp än en person vars intresse är hunddressyr eller thailändsk mat. Ganska enkelt, men varför göra det mera komplicerat?« »Funderingar?« Riya satt bredvid mig och kramade om min arm så jag tog det som att hon tyckte om det. »Mike då?« frågade jag. »Jag gillar idén, och att 'makten' cirkulerar är bra, då får alla en känsla av att få vara med och bestämma åtminstone en gång om året. En grej som oroar mig lite är vapnen, vi har ju lite av dom med oss för jakt och så.« »Du har rätt, Mike, och det oroar mig också, har inte riktigt funderat ut det. Vi kan ju snacka med jägarna om det, vad dom har för synpunkter. Och finns det något att jaga överhuvudtaget? Det vet vi ju inte än.« Förutom T-rex förstås«, skrattade Riya. »Honom klarar jag med min nya jaktkniv«, försäkrade Mike. »Nu tar vi en liten paus«, sade jag. »Jaså, det kallas paus nuförtiden«, skrattade Mike.-

Vi hade två rymdskyttlar med oss på Quasitor, den ena som reserv. Men jag hade redan meddelat Craig och ledningen att vi tar båda i användning. En rymdskyttel var redan byggd så att den skulle rymma 1 600 människor + allt annat vi skulle ha med oss. Men genom att ta båda i användning skulle vi kunna fylla på förråden ordentligt. Dom var ju konstruerade så att vi kunde landa med dom vertikalt en gång. Och efter det var dom parkerade för alltid. Dom hade jag tänkt att skulle fungera som sjukhus samt tillfälligt härbärge vid behov. Det blev ju rabalder och möten, men till sist meddelade Craig att det var grönt ljus för planen. Jag bad Mike ta över och visa oss vad som fanns i Leylas garderob. »Ja, allt det här är uträknat att det skall rymmas i en skyttel«, Mike visade framåt med handen. Jag var förbluffad, tonvis med verktyg, proviant, läkemedel, kläder osv. Började inse vidden av hur mycket 1 600 människor behövde. Riya gick genast åt läkemedelssidan, »Det här är ju bättre utrustat än många sjukhus jag jobbat på, vi har möjlighet att röntga, operera, vi har laboratorium, ja, rubbet. Och medicinförrådet är inte sämre, borde inte gå någon nöd på oss i nära framtid.« Vi gick vidare, »Mike, visa vapnen«, bad jag. Riya visste ju en hel del om vapen emedan jag var full novis. »Vi har 12 maskingevär, nyaste nytt från US army,« började Mike. Riya hade redan en i handen och gjorde laddningsmanövrar och tog sikte på måfå. »Fina grejor«, kom det ur henne. »Vem är jag riktigt ihop med?« skrattade jag. »Det blir nog bara i självförsvar i fall vi möter något okänt«, lugnade Mike. »Såvitt jag ser det är allt okänt tills vi forskat vidare i saken«, fortsatte jag. »Sen har vi 4 laserpistoler som får energi från solceller. Ammunition till maskingeväsen har vi så det räcker till för ett litet krig. Maskingeväsen är alla försedda med kikarsikte, en jägare har inget problem att fälla en hjort på 500 meters avstånd, och från betydligt längre också vid behov«, visste Mike att berätta. »Ja, något litet eller stort krig ska vi inte ställa till med, men det blir då 6 gevär och 2 laserpistoler per grupp. Mera vapen skaffar vi inte«, avslutade jag. Agronomerna hade det väl förspänt också, fanns t.o.m. en traktor med grävskopa som skulle bli guld värd, en sån måste vi skaffa till den andra gruppen också. Mycket reservdelar fanns det också, men livslängden var ju trots det inte oändlig. Den var givetvis eldriven. Sen fanns det mängder med hackor, spadar, mätverktyg etcetera. Vidare fanns det fiskeutrustning från haj till löja, nät, kastspön, krokar, allt var uttänkt där också. »Specialisterna får kolla in sina behov för nu när vi tar två skyttlar kan vi komplettera, Craig får finna sig i att stretcha på budgeten. Det här är ändå småpotatis i helheten. Tack för rundturen, Mike, jag ser att allt är planerat i grund och botten.« »Jag är mycket nöjd med helheten och vi kommer att få en rivstart i stenåldern, vi hoppar över tusentals år mot vad våra anfadrar gjorde«, sade Riya. Jag fortsatte, »vi har ett par dagar på oss att planera och finslipa, sen kommer specialisterna och deltagarna och snart efter det är vi på väg. Känns otroligt att vi om 3 veckor är på väg.«-

Vi började känna trycket av att avfärden närmade sig, det var mycket att organisera och det blev långa dagar. Men vi började bli en finslipad trio och alla visste var det behövdes mest hjälp och bidrog genast. Craig sprang omkring också och delade ut order till höger och vänster. Han hade varit med från början i Quasitorprojektet under årtionden och som ledare för det de senaste 5 åren. Det var ju ett miljardprojekt och skulle det här misslyckas skulle rymdforskningen ta många steg bakåt. Allt var inprickat i sista detalj, resan till månbasen och därifrån skyttlandet till Quasitor. Började inse att min roll också var enorm, kände mig nästan som Moses måste ha gjort i ödemarken. Men allt såg bra ut och vi sprang omkring i något som verkade som ett organiserat kaos, mera nervositet än verkliga problem. Visserligen hade ju ändringarna att jag ville ha båda skyttlarna till förfogande till Virididis gjort att det blev mera bråttom. Men tro det eller inte, det fanns en backupplan för det också. I morgon skulle specialisterna komma och vi skulle ha en mottagningslunch och annat program så vi skulle lära känna dom. Sista steget var ju sedan att de resterande deltagarna skulle komma. Alla skulle inkvarteras på Quasitorreplikan, men allt var klart för det. Dessutom hade vi 40 reservdeltagare som bodde inom området. Men dom skulle inte komma ombord på Quasitor, bara ifall av att någon skulle insjukna svårt.-

Vi hade inte tid för varandra med Riya heller, men vi tröstade oss med att det skulle bli lugnare när vi väl kom fram. Men lugnare hur? Vi måste ju bygga upp boende för alla och se till att alla hittade sin plats i det nya samhället. Men jag litade på att specialisterna hade mycket att ge, och säkert deltagarna också. Vi var ju alla i samma båt och alla sökte vi ju efter lycka i livet. Något som blivit svårt på jorden på sista tiden. Pressen var också på plats, men dom fick inte publicera någonting före Quasitor3 var på god väg. Allt för att förhindra upplopp eller att det skulle bli sabotageförsök mot projektet. Det var spännande tider och det märktes på alla. Mike var fantastisk, otroligt bra på att organisera och hade en lugnande inverkan på alla. Och alltid hade han glimten i ögat och något roligt att säga. Riya hade fullt upp med att organisera och kartotera medicinsidan samt all utrustning. Som mamma hade sagt, »en fantastisk människa«. Hade vant mig vid Leyla också och insett hur mycket tid vi vann på att utnyttja hennes fantastiska kapacitet. »Leyla, vad gör Riya?«, »Hon packar ultrasoundmaskinen, med den fart hon har nu borde det vara klart om 3 minuter och 30 sekunder«. »Ber du henne ta en lunchpaus med mig när hon är klar?« »Ska bli, John.« Och i den stilen gick det, skulle säkert sakna henne, men gissade att Linda skulle vara lika skarp.

10 SAY YES

Efter lunchen meddelade Leyla att jag skulle gå och möta Craig på hans kontor. »Bara jag?« frågade jag Leyla. »Mr. Thomas sa inget annat«, fortsatte Leyla. »Jag ryckte på axlarna och tittade på Riya, vi syns snart«, jag kysste henne fort och tågade iväg.-

»Tack för att du kom John, slå dig ner.« »Vad har den äran?« undrade jag, särskilt när Mike redan satt där. Craig började, »ja, du såg ju till att vi fick ta i lite och göra mön får lönen med dina ändringar. Inget mot det, därför leder du gruppen och alla ändringar har varit till det bättre. Men …«, började Craig och stirrade rakt på mig. »Allt är inte perfekt, allt är inte som det ska vara.« »Förlåt, nu förstår jag inte riktigt …«, Craig lyfte upp en hand som jag tolkade som »håll truten och lyssna«. Och jag lyssnade. »Jag har förstått och märkt att ni har ett förhållande med Riya Mendis.« »Ja, det stämmer«, började jag, »men jag kan försäkra om att alla ändringarna kommit från mig, så hon …« Håll truten-handen kom upp igen och Craig fortsatte, »ni ska gifta er idag, sen är det perfekt«, sa Craig och skrattade. »Va?« kom det ut ur mig intelligent som vanligt. »Jag har funderat på det här och planerat det här med Mike.« Tittade på Mike som log så att jag trodde att övre halvan av huvudet skulle lossna. »Sorry, boss.« Älskar du henne?« frågade Craig. »Det gör jag av hela mitt hjärta, men vi har ju bara känt varann i några dagar.« »Då så, då är saken klar. Ikväll framför alla specialister och en hel del personal ska du fria.« »Ja, men i helvete vad händer om hon säger nej?« »Inför alla dessa människor och era föräldrar«, fortsatte Craig. »Våra föräldrar, vad menar du?« »Dom är som bäst på väg hit och kommer perfekt till friandet.« Craig och Mike skrattade och tittade på varandra. »Och Riya vet inget om friandet eller att hennes föräldrar kommer?« frågade jag. »Inte ett smack«, fyllde Mike i. »Och Leyla är förvarnad och ser till att du inte försäger dig.« Jag rufsade mig i håret, »tror jag aldrig varit så här nervös i mitt liv, Riya kommer garanterat att få nys om det här«. »Nu får du plocka fram dina skådespelartalanger, John, det blir nog bra får du se«.-

»Vad var det om?« frågade Riya när jag var tillbaka. »Det gällde traktorn«, ja jävlar, vilken skådespelare jag var, fullständig idiot. »Traktorn«, skrattade Riya. »Ja, den andra vi ska ha med oss med grävskopan, Craig hade nån bild och frågade om den var ok.« »Mystiskt«, sa Riya, »Jag visste inte att du kunde sådant«. »Jag, jag kan ju inte ens köra bil, jag sa att han får ta det med byggubbarna i morgon«, fortsatte jag att ljuga. Jag måste fort hitta på nåt annat. »Jag tänkte gå och jogga ett varv ner mot stranden, bara några kilometer, vill du hänga med?« Hoppades nästan att hon skulle svara nej så jag inte skulle kasta ur mig mera idiotier. »Ja, det är klart jag kommer, ska vi ta simkläder under så kan vi ta ett dopp?« »Härligt«, svarade jag. Vi joggade i långsamt tempo mot stranden, klädde av oss och sprang i vattnet. Det var åratal sen jag simmat i havet, hade bara varit konditionssim i hotellens bassänger eller i huset där jag bodde. Det kändes fantastiskt, tog Riya i min famn och tittade henne i ögonen, »tack för att du finns«, vi kysstes och gick mot stranden hand i hand. Vi gick till våra rum och efter en dusch började vi förbereda specialisternas ankomst.-

Dom kom i en konvoj med bussar, vi mötte dom i WSA-cafeterian då det var det största utrymmet, och här skulle vi ha mingel ikväll och börja lära känna dom bättre. Craig önskade alla välkomna och jag och Riya sade några ord om att vi hoppades alla var taggade på att ta del i världens största äventyr. Berättade att vi nu alla skulle förflyttas till Quasitor för en timmes vila och dusch om man så ville. Sen skulle Mike och några ur personalen ta dem alla på rundtur så dom skulle få en bild av hur deras nästa 400 år skulle förflyta. Och klockan 18 skulle vi komma tillbaka hit för mat och umgänge. Alla applåderade och såg minst sagt ut att vara ivriga på dagens program. Deras äventyr började nu. Men av alla människor i salen var jag nog den som började bli nervös på riktigt. Craig blinkade på ögat åt mig, välmenat säkert, men föga lugnade det mig. En massa tankar snurrade i mitt huvud, vad hände om hon skulle säga nej? Skulle träffa mina föräldrar igen fast vi redan haft vemodigt avsked. Jag visste att mamma skulle bli överlycklig och mitt friande skulle vara pricken över i:et. Ojoj, det blev inte bättre av att Riya sade »titta, ett band håller på och installerar, ska tydligen bli musik också«. »Ja, då kan vi ju bugga loss«, skrattade jag nervöst. Riya sade, »jag tänkte gå och ta en tupplur i rummet, lämnar rundturen emellan. Kommer du med?« »Ja, jag kommer om en stund, gå du före, försöker att inte väcka dig när jag kommer.« »Du får gärna väcka mig«, sa Riya och blinkade med ögat och skrattade. Det var jävlar vad alla blinkade plötsligt. När Riya gått satte jag mig vid ett bord. Craig kom och satte sig bredvid mig. »Hur går det, John?« frågade han. »På skalan att åka till en främmande planet 400 år bort eller fria så vinner friandet lätt. Har aldrig varit så här skraj i hela mitt liv.« »Det blir nog bra ska du se«, lugnade Craig. »På tal om det, här har du en ring, Leyla har tagit måttet på Riya så den sitter perfekt.« Han gav mig en silkesask och jag öppnade den, guldring förstås, med en röd rubin. »Ja, jäklar, va fin, tack, Craig.« »Inte nog med det, det här är en förlovningsring som du ger när du friar, du gifter dig direkt efteråt och Mike fungerar som din best man, han insisterade på det. Så då blir det en ring till för Riya, och för dig med.« »Fan, Craig, är du gift?« »Jajamen, vi gifte oss på månen, faktiskt lite där jag fick idén«, skrattade Craig, »«Vi förlovade oss i raketen på väg till månen«.-

Jag gick till rummet och lade mig bredvid Riya, försiktigt så jag inte skulle väcka henne. En timme före vi skulle träffas väckte Leyla oss. »Du väckte mig inte«, log Riya. »Nej, tänkte låta dig samla krafter för kvällen«, log jag tillbaka. »Jag tar en dusch och går och piffar upp mig lite för kvällen.« »Jag gör det samma om än lite mindre piffande, jag kommer och hämtar dig när jag är klar.« Efter en halvtimme var jag klar, tog på mig en poloskjorta med jacka till. Riya såg helt fantastisk ut, mörkröd klänning med svarta högklackade skor. Makeupen satt perfekt och det svarta håret blänkte i blått. »Leyla, spela Eric Clapton »You look wonderful to-night«, bad jag. »Får jag lov min sköna?« Vi snurrade sakta till musiken i det lilla rummet. »Vilken fin musik, vad är det?« frågade Riya. »En liten hobby jag har, jag gillar klassisk musik från 150–200 år tillbaka. Och den här är så passande för stunden.« »Tack, John, för dig, tror jag är den lyckligaste människan på jorden och Viridis ihopräknat.« »Du är den näst lyckligaste«, svarade jag och kysste henne. »Men nu måste vi gå, folk har säkert mycket att fråga, ser faktiskt fram mot kvällen. Och en sak till, jääävlar va snygg du är.«-

Vid stod med Craig framför hela samlingen av specialister och en hel del av WSA:s personal. Craig presenterade sig själv, och mig som ledare över expeditionen, och önskade alla en trevlig kväll med mycket god mat, musik och det viktigaste att vi gick omkring och lärde känna varandra. I morgon skulle vi sen gå in mera på framtiden. Men i dag skulle vi bara njuta och ha roligt. Mycket leende och applåder, och sen gav Craig mikrofonen åt mig. »Ja hej, som Craig berättade så heter jag John, inget Mr eller sir framför, bara John för oss alla. Sen skulle jag vilja presentera ännu en person, Riya, kommer du hit?« Riya pekade på sig själv, »jaja, kom hit bara, var inte blyg«, några busvisslingar följde henne på vägen upp. »Ja, Riya kommer att fungera som min högra hand på resan och i det här sammanhanget tänkte jag att det vore passande att be om den vänstra också.« Jag gick ner på knä framför henne. »Riya«, sa jag med darr på rösten, »Jag har känt dig en kort tid, men jag vill att du skall vara min för den återstående tiden, 500 år eller så, Riya, vill du göra mig till den lyckligaste personen i universum? Vill du gifta dig med mig?« »Ja«, sa Riya snyftande. »Jag trädde rubinringen på fingret. »Hon sa ja.« Alla jublade och många tårar fälldes också. »Riya, vänd dig om«, bad jag. Riyas föräldrar kom rusandes och kramkalaset började. Min mamma och pappa kom båda gråtandes också, inte ens pappa kunde dölja eller ens försökte dölja tårarna mera. Craig tog mikrofonen. »Jag får lov att gratulera till förlovningen på min och WSA:s vägnar. Men Riya, Riya, tro inte att överraskningarna tar slut här. Jag älskar dig som den dotter jag inte har så bara det bästa för dig, nu ska du gifta dig.« Jublet från publiken ökade i volym, Riya fick inget sagt, hon bara grät och omfamnade mig och mina föräldrar och sina egna och bara grät. Jag kände det djupt inne, hon var lycklig, jag var lycklig. En förlovning och ett giftermål som skulle omtalas i decennier på Viridis. Craig fortsatte, som talesman för Viridis, så skall jag förrätta er vigsel. Kommer ni och ställer er på var sin sida om mig? Vigseln var kort och konsistent, Mike skötte ringgivandet med stolthet med sitt breda leende hela tiden. Jag bad om mikrofonen. »Jag ber om ursäkt om vårt lilla överraskningsprogram, tack till er alla att ni stod ut«, skratt och applåder. »Men den här kvällen är om er och oss alla så vi undviker mera tal, nu är det er tur. Och vill någon gifta sig så går det ju bra också nu när vi kom i farten, tack till er alla.« Ett bord var dukat för våra familjer samt Craig och Mike. Jag tittade på Riya, »förlåt, fru Carter, men hjärnorna bakom kuppen var nog dom här två«, sade jag och visade mot Craig och Mike. »Trodde du ja«, sade Riya och blinkade mot Mike. Jag gapade mot dem turvis, »jäklar, grundlurad igen«, vi skrattade gott en stund. »Men summa summarium, jag är överlycklig, fyllde mamma i och alla instämde och vi skålade till det.-

Det var nu klart var skådespelartalangerna låg i familjen Carter. Skrattade gott åt mig själv med hjälp av alla andra, »Vad händer om hon säger nej?« ,«det gällde traktorn« osv., det kom fram att t.o.m. föräldrarna var med på »kuppen«. Craig sade »enda spänningen var egentligen att du skulle gå med på det när vi talades vid på mitt kontor, sen var det ju bara för oss att hålla masken«. Vi skålade igen och jag tackade alla kuppmakare för vad dom gjort, »jag har ingen erfarenhet av dylika saker så kunde ju ha tagit en tid före jag tagit mig för«. »Nej«, svarade Riya, »jag skulle ha gjort det ifall det tagit för lång tid«. Härlig var hon min fru. Det blev lite annorlunda minglande än vi hade tänkt från början men alla specialisterna kom och gratulerade under kvällens lopp så en bild av gänget fick vi. Vi var alla dessutom försedda med titel och namntag på bröstet. På Riyas stod det Riyas Carter Consultant Dr and first lieutenant. Fan va självsäkra alla var på utgången då t.o.m. namnet var Carter. Men det var ju jag som friade och hon visste om det, så vad kunde ha gått fel? Namnskylten hade hon inte på när vi friade. På min tag stod det Projektansvarig John Carter. Konstig titel då projektet pågått i årtionden och jag bara varit med några veckor. Annars förlöpte kvällen i lugna tecken. Orkestern spelade dansmusik och jag var uppe med Riya på den obligatoriska »bröllopsvalsen«, dansade en stund med min överlyckliga mamma också. Riya tog en sväng med min pappa och hennes också. En jättekaka rullades fram också, ja, ganska normalt bröllop på alla sätt. Craig kom och berättade att vi har en villa till förfogande för bara oss två i natt. Våra föräldrar skulle bo i villan bredvid och vi skulle ha tid att ta avsked för andra gången i morgon bitti. Vi drog oss lite obemärkt iväg, vi skulle ju börja jobba med specialisterna i morgon bitti klockan 9. Lade märke till att åtgången på bålen var mycket moderat, det gladde mig. Vi hoppade in i den självkörande bilen som tog oss till »vår« villa för bröllopsnatten. »Tack Riya, jag vill att du ska veta att det här är stort, mycket stort för mig. Jag lovar att jag ska göra allt så att du ska få ett lyckligt liv.« »Och jag lovar dig exakt detsamma«, svarade hon med tårar i ögonen.-

Efter bröllopsnatten åt vi en gemensam avskedsfrukost och efter det åkte mina föräldrar med privat elkopter till New jersey, där skulle grannarna få något att skvallra om. Riyas föräldrar eskorterades till ett privat elflyg, WSA var frikostig.-

Riya vände sig mot mig: »hur gärna jag än skulle vilja stanna kvar i villan så har vi mycket att göra, nu måste vi rulla upp ärmarna och sätta igång«. »Ajaj, fru Carter, jag hör dig, och vi måste hitta en passlig trio att leda grupp två.«

11 TRION

Vi samlades i Quasitors cafeteria, såg att morgonmålen var avslutade och bad om ordet. »Tack för igår allihopa, trevligt att alla gäster kunde ställa upp, inte så att ni hade något val förstås«, allmänt skratt hördes. »Vi har mycket jobb framför oss, tiden går fort och snart har vi resten av deltagarna här och sen lär det vara en liten tripp framför oss. Riya har delat in er inom ert respektive expertisområde där ni får börja planera framtiden.« Berättade vidare om uppdelningen i två grupper och lite om den politiska idén jag hade. Eller nu var det ingen idé mera, så här skulle den utföras. Kunde inte ge dem möjlighet att opponera sig mot politiken, annars skulle vi snart ha full demokrati och kaos med det. Vi kom överens med Riya och Mike att vi inte skulle säga något om att vi sökte ledare till grupp två ännu. Vi skulle vara observanta och se hur dagen skulle utvecklas. Riya tog hand om gruppen med läkarna, veterinärerna och lärarna, sammanlagt 44 personer. Jag tog hand om den största gruppen och vi beslöt oss för att ta oss till WSA-cafeterian för att få största möjliga utrymme. Där var då husbyggarna, vägbyggarna samt energiexperterna, sammanlagt 88 personer. Mike skulle leda gruppen med båtbyggarna, fiskarna, jägarna samt den kanske viktigaste biten agronomerna, agronomerna var dom som skulle se till att basfödan skulle finnas. Vi hade ju frön med till alla vanligaste sädesslag, förstås också majs och ris. Dom skulle givetvis samarbeta tätt med vägbyggarna senare. Men så här tänkte vi börja, Mike hade 68 personer i sin grupp och tog genast ett fint grepp om sin grupp och tågade iväg till ett avlägset större rum för grupparbete. Vidare hade vi grisar med, 100 suggor som skulle konstbefruktas av veterinärerna. Dom var redan nedsövda på Quasitor 3, och skulle vara det under hela den 400 år långa resan, det hade räknats med att 10–15 % av djuren inte skulle klara av resan. Men det räckte bra till. En sugga får mellan 8 och 14 grisar och är dräktig i ungefär 115 dagar. Så om vi inte slaktade dom under dom första två åren skulle vi ha massvis av dem. Veterinärernas uppgift var att se till att generna var bra och att inte inavel förekom, plus vaccinering och mycket annat. Så tätt samarbete med agronomerna och husbyggarna med dom också i framtiden. Vidare hade vi 2 000 befruktade hönsägg. Så det skulle bli bråda tider för alla när vi kom fram. Därför var det nu viktigt att vi skulle få fungerande grupper av specialisterna. Givetvis skulle alla deltagarna också få lov att hjälpa till. Ingen skulle tvingas till att hjälpa, men vi trodde starkt på att alla skulle dra sitt strå till stacken. Men efter 6 månader hade jag tänkt att vi skulle ha ett någorlunda fungerande samhälle, där alla skulle ha tak över huvudet och hoppeligen hade så många som möjligt hittat en livspartner åt sig. Jag och Riya hade ju föregått med gott exempel, funderade jag och log för mig själv.-

Vi hade kommit en bra bit på väg efter redan ett par timmar, fattade ett särskilt tycke för en kille från Peru, Jose Borgas. Han hade redan gjort sin hemläxa och visade upp sin vision av hur byn kunde se ut. Han visade upp den från sin dator på skärmen, vilken kopplades till Leyla. Byn han målade upp såg närmast idyllisk ut, han hade skärt ner den sen han hört att vi delas i två grupper. Med hus byggda av lera och sten, han hade funderat på allt. Det gick vägar mellan dom 400 husen, vattenreningsverk, rinnande vatten, brunnssystem, t.o.m. möjlighet till jordvärme, han fick applåder och gick och satte sig. Jag tog till orda, »Mycket bra, Jose, tack ska du ha. Vad tycker ni andra, kan vi dra riktlinjer från det här och jobba med det? Allas expertis är välkommen och vi får dela in oss i grupper och utveckla idén. Ni vet alla någonting, så dela med er och jobba vidare på det vi har. Och ta i beaktande också jordbruk, svinstian i synnerhet, kan vara att ingen vill bo riktigt nära den. Vi kommer att få gödsel från den och från hönshusen också, så planera lite var det vore effektivast att placera dom. Likaså skall ni planera in en skola för framtida behov, men också för undervisning inom era expertisområden. Vi tar ett bra försprång på våra förfäder bara vi lär vidare vad vi vet. Jäklar vad roligt det här är, vi ska bygga en idealvärld. Jag ska ta ett varv och gå och titta på dom andra grupperna, ta lunch när ni känner för det.-

Jag ville gå till Quasitor och träffa Riya, ska sanningen fram så hade jag lite ledsamt efter henne efter 2 timmar. Var det månne så här det skulle kännas i fortsättningen? Jag hoppades på det. Riya hade redan fått igång grupparbetena, ville inte blanda mig i det då jag inte förstod så mycket, eller så gott som ingenting. Riya kom emot mig och frågade om allt gick bra, vi satte oss en bit från dom andra. »Ja faktiskt, skönt att veta att man har personer man kan lita på. Och här då?« »Hur bra som helst, dom är ju faktiskt erfarnare och skickligare än jag trodde«, svarade hon. »Lärarna kanske känner sig lite vilsekomna, inte riktigt deras område«, fortsatte hon. »Jag kan låna dom en stund, vi planerar en skola och dom vill säkert berätta sin åsikt, ja gungor och sandlådor är ju inte aktuella men måste ta det i beaktande också. Tänkte närmast på vuxenutbildningen till en början.« »Jag vill att lilla Lisa ska ha en röd ryggsäck, men senare, ingen får vara gravid under nedsövandet. Kan ha fatala följder.« Jag skrattade. » Pelle ska ha en blå ryggsäck.« »Jag älskar dig«, viskade Riya och gav en diskret kyss på kinden. »Och Mike då?« frågade Riya. »Jag går dit nu, lycka till här, jag tror jag har hittat en ledare, håll sinnena på spänn efter en till du också.« Jag hojtade åt lärarna att följa mig. »Hej lärarna«, sade jag när vi gick mot rummet där Mike skulle vara. »Tänkte jag skulle rädda er från tråkmånsarna här, till doktorn går man ju när man är sjuk, inte när man är frisk.« »Ni får fungera som observatörer idag, efter Mikes grupp åker vi till WSA där ni får ge lite synpunkter om var och hur skolan skall byggas.« Dom verkade lättade och glada att slippa diskutera medicinska frågor med Riyas grupp. Full fart med grupparbete hos Mike också, dom hade indelat sig efter expertis och båtbyggarna skissade olika båtar, med segel och utan i olika storlekar. Man kunde ju bara hoppas att det skulle finnas rätt sorts trämaterial och dylikt. Lite samma med jägarna, vi hade ju ingen aning om vad för djur det skulle finnas där om det fanns det. Förutom grisar och höns, men behövdes inte mycket jagande där. Men som tur var verkade dom vara mångsysslare och vi skulle säkert ha mycket nytta av dom. Lite samma gällde fiskarna. Agronomerna däremot skissade redan ivrigt på åkrar, dikningar och annat. Bad Leyla visa upp Joses drömby på skärmen, uppskattade visslingar och efter det blev det ännu mera diskussioner, lärarna smalt bra in i gruppen. Tog Mike åt sidan och frågade, »hur går det?«. Jäkligt bra faktiskt, härliga individer.« »Har du hittat någon?« frågade jag. »Ja, den där stora killen, jägare, verkligen rolig och tycks veta en hel del om det ena och det andra.« »Bra, fortsätt söka, vi snackar om det senare med vår trio.« »Jag tar lärarna med mig till WSA nu, vi syns senare, bra jobbat.« »Tack chefen«, »hrumff«, svarade jag.

Vi kom till WSA-cafeterian och började med lunch som dom andra hunnit plocka åt sig redan. Gick och satte mig med Jose som hade livliga diskussioner redan med dom andra vid bordet. »Hur går det här då?« frågade jag. »Vi är alla ivriga på att få komma fram och sätta igång », svarade en kvinna med en namnlapp med Ashante Otieno. »Jag gillar idén med lerhus, jag är från Kenya och dom är ju vanliga där.« »Ok, kanon, bra att vi har expertis på det också.« »Hur blir det med murbruk och sådant då?« undrade jag. »Jag kan åta mig den biten«, svarade en blond kille som hette James Barnaby, och var från Wales. »Det är ju huvudsakligen sand och vatten som behövs och en viss mineralsten, vi får undersöka vad som finns i terrängen som går att använda.« »Härligt att höra, bara ni får riktlinjerna dragna så tror jag vi fort får ordning på torpet. Till en början får vi ha provisoriska skydd, vindskydd och i den stilen, det vet säkert jägarna en hel del om, vi kan konsultera med dem. Och till viss del kan vi bo i skytteln också. Men den är tänkt som sjukhus till en början. Men vi kommer ju att ha 700 deltagare som hjälp också så allt behöver ni inte göra ensam, alla hjälper nog till. Men vi jobbar vidare på det vi kan några dagar och så när deltagarna kommer så får dom välja till vilken grupp dom ska. Sen ska vi ju dela er i 2 grupper också, så ni kan ju ge önskemål om ni har nån ni vill jobba med. Men kom ihåg det viktigaste, 400 kvinnor och 400 män per grupp. Det är viktigare än det låter. Ni förstår säkert varför.«-

Hela dagen var lyckad, allt gick så mycket bättre än jag trodde. Alla förstod vad projektet gick ut på och alla var vuxna sin uppgift. Tänkte på mina ICPA-projekt som stampade på stället och drunknade i byråkratins värld. Allt var ju så jäkla simpelt här, visste man inte något frågade man sin nästa och fick svar och så gick man vidare. Försökte vara ytterst försiktig och inte gå in på tekniska frågor, jag skulle ändå bara göra bort mig. Viktigaste för mig var att hålla ihop helheten. Jag hade ju Riya och Mike, nu var det lika viktigt att grupp 2 skulle få en lika dynamisk ledning, och inte få en känsla att dom hamnat i B-laget. Jag hade fortfarande Jose som min kandidat, vi skulle diskutera om det här i kväll med Riya och Mike och om dom hade bra kandidater så skulle vi intervjua dom. Vi höll på en bra bit mot kvällen före jag bröt upp. »Hallå alla, nu får det räcka för idag, fantastiskt att se på er alla men vi ska ta det lite piano i början, annars börjar det ju kännas som ett jobb. Och kom ihåg, ni får inget betalt för det här. Njut av kvällen, slappna av och lär känna varandra så fortsätter vi imorgon.«

12 WHEN THE SHIT HIT THE FAN

Vi beslöt att hålla en liten palaver i vårt rum efter dagen. En dag som i mitt tycke varit perfekt. Hade inte ens i mina vildaste drömmar anat hur fantastiska och yrkeskunniga människor vi hade med oss. Allt såg positivt ut. Jag satt på sängen och Mike och Riya tog varsin stol vid det lilla bordet. Vi hann inte sitta längre än en knapp minut innan Leyla avbröt. »John, Riya och Mike, ni ska omedelbart till Craigs kontor på WSA. Bilen väntar utanför.« »Menade han omedelbart omedelbart eller går det bra om en timme? Vi tänkte lite palavera här.« »Omedelbart«, svarade Leyla. »Kanske Mike ska gifta sig idag«, sade Riya. Skrattandes bröt vi upp och gick till bilen. Vi blev eskorterade till mötesrummet där jag träffade Craig första gången vid det stora bordet. Den här gången var bordet fullt förutom 6 platser som vi blev visade att sätta oss på. Runt väggarna var stolar uppradade så jag misstänker att det var omkring hundra människor i rummet. Craig började: »har ni hittat dom tre som skall leda grupp två?« Inga hälsningsord, välkomna och så, rakt på sak. Började ana att något hänt, men väntade på en förklaring. Jag började, »ja det var det vi just skulle palavera om när vi blev uppkallade hit«. »Ni har väl namn?« frågade Craig. Började bli lätt förbannad på den framfusiga situationen, men såg att Craig var mycket stressad. »Ja, jag hade tänkt Jose Borgas.« »Och Riya?« »Yong Kodcharen, läkare från Thailand«, svarade Riya. »Mike?« »Sakari Littlehorse från Alaska.« »Leyla, se till att Jose Borgas, Yong Kodcharen och Sakari Littlehorse är här om 5 minuter. Ni kan ta en liten paus nu. Vi fortsätter när alla är på plats.« Vi gick till vattenautomaten, Riya höll hårt om min arm, »vad handlar det här om?« undrade hon. Mike svarade »någonting har hänt, något stort. Har aldrig sett honom så här spänd.« »Snart får vi veta, onödigt att spekulera, men visst blev jag orolig också. För första gången under projektet kändes det riktigt obehagligt«, svarade jag. –

Efter några minuter kom Jose, Sakari och Yong och såg minst sagt bortkomna ut. Jose tittade på mig, lyfte på axlarna och sträckte ut armarna emot mig. »Jag vet inte«, mimade jag. Jag visade åt alla att vi går in och sätter oss. Jag såg mig runt i rummet och kunde inte se en enda glad människa, dom flesta såg mycket oroliga ut och jag undrade hur mycket dom visste. Vi satte oss vid dom 6 platserna som var utsatta för oss. Craig började »Jose Borgas, du har valts till att bli ledare för grupp 2, Yong Kodcharen blir din andre man, och Sakari Littlehorse, du blir suppleant för dom två. Godtar ni positionerna?« Alla nickade tyst. »Då går vi till saken, Leyla, sätt upp bulletinen på skärmen«.-

John Carter ska leda 1 600 människor till en främmande planet. Varje deltagare är värd över en miljard dollar. Dom kommer att leva i överflöd medan världen svälter. Craig Thomas har vägrat kommentera uppgifterna. UPA (United Peoples Army) kommer att stoppa avfärden som kommer att vara snart. Om du har militär utbildning, ta kontakt med ditt lokala UPA-kontor, också folk med medicinkunskap behövs, för nu kommer blodet att flöda. Vi tar kontroll över världen och gör den till en plats där vi alla kan leva. Makten åt folket!-

I slutet var det ännu en bild där jag och Craig var hängda i en lyktstolpe. Det berörde mig föga, jag var van vid dödshot genom mitt arbete inom ICPA. Men jag såg att det berörde Riya kraftigt, hon kramade min arm hårt och lutade huvudet mot mitt bröst. Craig tog till orda, »vi har blivit hotade förut men inte i den här skalan, general Johnsson, kan ni ge en bild av situationen?« För det första vet vi inte vem som läckt ut nyheterna till UPA, och det är irrelevant för tillfället. Vi har utbrett säkerhetszonen med ytterligare 20 km i radie, vi är i riskfaktor 1, vilket motsvarar krigssituation. Vi är relativt säkra för tillfället och risken att bli träffade av missiler är liten. Ni kommer säkert att höra skottlossning om ni rör er utanför Quasitorreplikan. Håll er för säkerhets skull i Quasitor, det är den tryggaste platsen nu«. Craig fortsatte: »tack general Johnsson, men nu blir det bråttom. Avfärden blir i morgon natt till månen, vi håller på och eskorterar deltagarna under nattens lopp. Om någon inte hinner med så får det bli så. Vi har dessutom 40 reservdeltagare på området som vi kan ta ifrån. Tyvärr måste vi skynda på, UPA är inget att leka med, dom har hundratusentals aktiva inom rörelsen och dom får lätt miljoner bakom sig. Tyvärr, mina damer och herrar, är vi nu i krig. Men vi har för mycket på spel nu, projektet ska utföras. Och ni 6 ledare, nu får ni gå till Quasitor för en snabb funderare, sen får ni visa era ledaregenskaper. John, kan du stanna kvar en stund? Alla ni andra i rummet, sätt igång med det ni kan bäst. Nästa 24

timmar kommer att bli dom tuffaste i ert liv, tack.« Folket
reste sig och ett pladder hördes över hela rummet. »Vi ses
snart John«, sa Riya och kysste mig lätt. Rummet tömdes
fort och jag blev sittandes med Craig. »Ja, det känns ju
inte så bra, vi är dom mest hatade människorna i världen,
John.« »Kom med, Craig« svarade jag, »din expertis skulle
uppskattas av alla«. »Ja, om jag bara kunde, men tyvärr
har jag allt för högt blodtryck för att jag skulle klara av en
så lång nedsövning, jag får nog gå med i djupet med det
sjunkande skeppet, som kaptener gjorde förr i tiden. Men
jag ska göra allt så att ni kommer iväg, bara ni nått månen
kan jag andas ut.« »Finns det risk att dom försöker skjuta
ner raketerna när dom lyft?« »Ja, det finns det, men med
general Johnssons ledning kan han minska risken betyd-
ligt. Han sa ju att han utvidgat säkerhetszonen med 20 km,
men den var ju 30 km tidigare. Och vi vet var UPA har sina
största nästen, vi har armén ute som bäst och förstör alla
dom vi hittar«. »Och dom som inte hittas?« undrade jag.
»Nu målar vi inte fan på väggen, gå ner och lugna ner dom
andra och berätta vad du vet, det är bättre att du inte vet
allt. Jag är ledsen, John, att förberedelserna blev knappa.«
»Vi gör det bästa av saken, tack ska du ha, Craig.« Jag
skakade hand och tog mig till Quasitor.-
    Leyla berättade att dom fem satt på andra våningen i
ett litet soffrum. Dom satt alla bekvämt och småpratade,
Riya kom emot mig och kramade mig. Jag satte mig med
dom andra och dom ville klart veta vad jag talat om med
Craig. »Ja, något nytt kom inte upp, säkerhetszonen blir
nu 50 km och det borde räcka.« »Ja, vi får hoppas att dom
inte bryter sig igenom«, sa Mike. »Vi ska inte måla fan
på väggen, armén är lojal ännu och klarar nog saken«,
svarade Jose. »Bra, så får tankegången gå från och med

nu, vi har mycket att göra, inom 24 timmar är vi på väg till månen och om 48 timmar är vi nedsövda. Det första vi måste göra är att berätta för dom andra. Sen, Riya, måste du ta ditt läkarteam och göra läkarundersökning på dom 40 reserverna. Ifall att dom ska iväg. Men vi får hoppas att deltagarna varit på alerten och kommer i natt. Dom måste ju få en undersökning också, samt det gäller ju oss också. Fast ni varit på en för nån dag sedan. »Det ska nog gå bra, vi är 24 läkare och sjuksköterskor, lärarna och veterinärerna kan hjälpa till också, då blir vi 44 tillsammans. Det är ju inga konstigheter, mäta feber samt kolla blodtryck och sådant. Allt sådant som vi får via microchipet så bara en dubbelkoll. Några lugnande ord till dom om situationen.« »Mina damer och herrar, det var min fru«, log jag. »Leyla, tar du det i speakern att alla kommer till Quasitors cafeteria om 30 minuter? »Ska bli, John.« »Gå till era respektive rum och andas några djupa andetag i sängen, nu behöver vi alla krafter vi har. Snart får vi sova 200 år.«-

Riya och jag lade oss i min smala säng och kramade om varandra hårt. Det skulle snart bli en 200-årspaus i kramandet om allt gick vägen. Det var klart att det fanns en backupplan för allting, men ett krigsstillestånd hade nog ingen räknat med. Raketteknikerna var dom som hade mest bråttom, 10 raketer skulle avfyras med 10 minuters mellanrum, det hade aldrig gjorts förut. Men trängde dom tankarna ur huvudet då det var den biten jag var minst insatt i. Fick bara lita på teknologin helt enkelt. »Jag är rädd«, sa Riya. »Jag vet, det är alla, vi måste nu bara fokusera på det vi kan och skjuta negativa tankar åt sidan. Vi måste i varje fall inge förtroende i alla andra att allt är under kontroll, klarar du av det?« »Bara jag får krama om dig med jämna mellanrum så klarar jag vad som helst«, svarade hon.-

Alla specialisterna var samlade i cafeterian, jag presenterade ledarna för grupp 2 och bad Jose ge en inblick i situationen. Dels gjorde jag det för att höja självförtroendet, dels för att visa att jag litade på honom till 100 %, han klarade det galant och fick välförtjänta applåder. Sen blev det en hel del frågor som vi svarade på så sanningsenligt som vi kunde. Vi hade ju inte mycket info om situationen utanför Spacecentret, och jag tyckte det var lika bra så. »Men vi har hoppeligen 1 397 deltagare på kommande under nattens lopp och vi är 203 specialister här, så om vi alla tar hand om 7 personer var så klarar vi det lätt. Först en lätt läkarundersökning med läkarteamet utökat med veterinärerna och lärarna. Sen får ni börja ta emot dem, visa dom till sina rum och liknande. Ni kan till exempel föreslå att dom tar en dusch, nästa blir om 200 år. Men huvudsaken att ni inger förtroende och att fast dom är snabbinkallade så är läget under kontroll, här och utanför centret. Klarar vi av det?« »Jaa«, hördes det unisont från hela gruppen. Leyla, delar du upp så att 203 specialister får 7 personer med namn att sköta om och sätter dom på skärmen«, bad jag. En sekund senare var gruppindelningen klar. Uppskattande visslingar hördes. »Tack Leyla«, sade jag.

13 SISTA PREPA-RATIONERNA

Det blev bråda tider för alla nu, tyckte inte jag själv heller hade riktig kontroll på allt. Allt gick med sån fart, vi började dock ha vår välkomstkommitté färdig. Två svarthåriga skönheter, Riya och Yong Kodcharen, valde 3 sjukvårdare att åka till huset där reserverna hölls. Riya tyckte att dom skulle komma till Quasitor oberoende om dom skulle behövas för att fylla ut möjligt svinn om inte alla deltagare skulle hinna i tid. Vi hade bord utsatta med numrering från 1 till –203, så alla deltagarna skulle få ett nummer när dom kom ombord till Quasitor och bli visade till sin specialist. Efter en timme började första bussarna anlända, glädjande många av dom som skulle vara där blev avprickade. Men det fattades också folk, och dom 40 reserverna satt i ett eget område och väntade med spänning om dom skulle med eller inte. Läkarkontrollen av reserverna hade gått fort och alla var fortfarande med i leken. Alla var nu medvetna om situationen utanför spacecentret, reserverna berättade att man hört skottlossning och något som lät som artilleri. Jag gick igenom situationen och möjligheten som fanns för reserverna. »Vi måste ta könsfördelningen i beaktande om vi måste välja vem som ska med, ni är ju 20 kvinnor och 20 män. Men blir det ett svinn på 40 så kommer ni alla med, oberoende av vad könsfördelningen blir.« Alla lyste upp, man kunde se spänningen i deras ansikte, dom ville ju med och så som världen såg ut utanför förstod jag det bra. Efter att sista bussen anlänt och dom hade gått igenom läkarkontrollen fick jag siffrorna av Leyla. Jag gick till reserverna med listorna i handen, det blev knäpptyst bland borden när jag anlände. »Välkomna till Viridis, ni skall alla med.« Alla hoppade upp och jublade och kramade om varandra, en del grät av lycka. Gå till dom numrerade borden så berättar dom till vilket rum ni ska, rummen öppnas med chipet. Jag behövde inte be två gånger, alla rusade iväg. Jag bad Leyla meddela Riya, Mike, Jose, Yong och Sakari att komma på snabbmöte. Vi gick igenom listan tillsammans och konstaterade att där nu var 1 563 totalt. Det oroade mig inte att det var några mindre, men det var nu 779 män mot 784 kvinnor, det kunde kanske bli problem. »Kan det här bli ett problem tror ni?« frågade jag gruppen. »Ja, en del har ju varit ute i god tid«, sade Yong och tittade på mig och Riya och skrattade. »Jag tror inte det, jag hoppas inte folk är så omogna att dom springer omkring i panik och tar första bästa i rädsla att bli utan«, filosoferade Sakari. »Annars får väl Mike ställa upp och idka bigami«, skrattade Jose. »Nej då, jag är blyg med kvinnfolk så en räcker nog bra«, tyckte Mike. »Då gör vi så här«, resonerade jag. »Vi gör ingen gruppindelning på deltagarna ännu, vi har en månad på oss för det när vi vaknar upp. Låter det bra? Alla instämde. Craig kom in i mötesrummet. »Hej, jag kommer med lite mellanrapport. Jag såg listorna, ingen katastrof. Funderade en minut på att fylla i dom återstående platserna men skippade det fort, man måste ha tid att förbereda sig. Vi borde ju haft flera reserver, så där misslyckades en backupplan. Men det är vad det är. Situationen utanför spacecentret är kritiskt men under kontroll, som tur är har vi nästan full kontroll i luften gentemot UPA. Också i Europa har det blivit konflikter, i både Frankriket och Storbritannien har det meddelats tusentals döda. Vi har inga exakta siffror från Amerika men siffrorna är inte mindre, vi är i krig. Men ni behöver inte fundera på det, det viktigaste är att ni kommer iväg nu. UPA har mobiliserat sig över hela landet och vi är deras första mål. Vi är också en symbol för hela landet och hela världen för den delen också. Men vi får förstärkningar hela tiden, så det är ingen fara här än så länge. Vi stirrade tyst på varandra och kände oss säkert alla syndiga, ingen hade väl egentligen aldrig tänkt på hur lyckligt lottade vi var gentemot dom andra. Nu kom det fram konkret. »Sen till det viktigaste«, Craig tog en liten paus. »Vi missar månen, ni ska direkt till Quasitor.« Igen gapade vi alla och tittade på varandra, men vi förstod att vara tyst. »Allt har med säkerhet att göra, skutan ska iväg så fort som möjligt och vi har tekniken för det. Backupplan förstås, vi har tekniken för det, ni behöver bara ta emot lite G-krafter i starten, annars går allt bra tills ni är ombord på Quasitor. 10 raketer är färdiga, liten ändring i tidtabellen, första raketen startar om exakt 2 timmar med 160 personer ombord. Och i den första är du, John, och Riya. Leyla meddelar som bäst dom 158 andra att göra sig färdiga, om en timme ska ni vara ombord. I den andra raketen som går en halvtimme efter den första är Jose och Yong med, och även 158 deltagare. Sakari och Mike, ni kommer i den tionde och sista raketen, ni ser till att allt går som smort. Alla får ha sina 5 kg personliga saker med, dom är givetvis kollade och godkända.« Vi fortsatte att sitta tysta. »Frågor?« sa Craig. »Men ta det fort, klockan tickar lite extra fort idag.« Kände att jag måste fråga någonting, »varför ska vi i den första raketen med Riya?«

»Av säkerhetsskäl för hela projektets skull. Som jag sa så händer det saker utanför, bara jag får dig och Riya ombord så vet jag att vi har en chans att lyckas. Men det tar ju några timmar att komma iväg, raketerna går nu med en halvtimmes mellanrum istället för med 10 minuters mellanrum som skulle ha varit färden om vi skulle ha tagit sikt på månen. Vi har en kritisk situation utanför, men det här är nu prioritet nummer ett. Riskerna ökar hela tiden. Inget illa menat mot Sakari eller Mike, ni är lika viktiga ni också, men nån måste stanna här och inge trygghet i gruppen. Jag är övertygad om att alla kommer iväg lyckligt.« Craig kramade om oss alla turvis och önskade lycka till. »Det här kirrar du John«, sa han och blinkade med ögat. »Det gör vi, vi har inget val«, svarade jag. »Lycka till alla, jag måste till kontrolltornet«, det var sista gången vi såg Craig. Jag stängde ögonen och drog några djupa andetag. »Ja, vi har inte tid att tänka nu, det är bara att lita på att allt fungerar som det ska, jag och Riya måste skynda på nu, vi syns på Quasitor 3 alla inom några timmar.« Vi önskade alla varandra lycka till och drog iväg till våra sysslor. Riya och jag gick till våra rum för att kolla våra sista packningar. »Allt går med sådan fart«, sa Riya, »jag hinner inte ens tänka klart före nästa grej kommer upp.« »Kom hit«, sa jag och drog ner henne i sängen. »Det är ju inte optimalt alls men vi har varandra, det måste ju för helvete lugna ner sig om några timmar när vi väl är ombord med Linda.« »Tack ska du ha för all hjälp Leyla, jag skickar hälsningar från dig till Linda bara vi är ombord.« »Tack själva, Riya och John, det har varit en ära att få hjälpa er.« Ber du vår grupp komma till utgången, Leyla?« bad jag. Vi började gå mot utgången där bussarna stod som skulle ta oss direkt till »vår« raket. Alla deltagare och säkert lika mycket spacecenterpersonal kantade vägen till bussen och applåderade när jag och Riya ledde dom 160 första till bussarna. Hade inte haft en chans att bli nervös med den fart vi haft. Satte mig i bussen och tänkte mig tillbaka till mitt samtal med Ralph Wilkins i Helsingfors för knappa 2 månader sen. Det var först nu som jag började känna mig nervös, allt hade nästan varit som en fantastisk dröm och nu började jag vakna upp till den. Jag satt hand i hand med Riya och jag kände hur spänd hon var. »Jag önskar jag hade haft möjlighet att ringa till mina föräldrar en sista gång«, sa hon.

Vi hade av säkerhetsskäl blivit förbjudna att kontakta någon utanför området, UPA hade skickliga hackers och vi ville ju inte att någon skulle försäga sig och att vår tidtabell skulle komma fram. »Vi får säkert en möjlighet när vi är på Quasitor, där når dom oss inte, eller då är det i varje fall försent. Åtminstone kan Linda skicka ett bandat meddelande när vi är på god väg, dom kan svara på det sen och vi kan se på det när vi vaknat upp. Något minne i varje fall då«.-

Jag stirrade uppåt mot raketens topp som gått och väl var över 100 meter hög, det här var den s.k. Turistraketen som hade kapacitet att ta många passagerare, det behövdes inga astronautdräkter eller syrgasmasker i dom nya raketerna. Vi satte oss bredvid varandra i sätena som var i upprätt ställning. Efter en stund vände dom så att vi blev i en liggande ställning med ansiktena uppåt, med benen böjda i 90 graders ställning. Förstod att det inte var långt kvar. Vid starten användes fossilt bränsle och senare skulle vi gå med fusionsreaktorerna. Även om det här i dagens läge var ett rutinflyg så fanns ju risken att bli nedskjuten av UPA:s missiler eller laserkanon. Fick bara hoppas att missilskydden var intakta och att armén faktiskt hade läget under kontroll. »Två minuter«, meddelade högtalare. Det var ingen som behövde förklara vad det betydde. Vi tittade på varandra och log, det behövdes inget annat. Det kändes tydligt hur raketen började skaka, det var när förbränningsmotorerna satte igång. Man såg röken stiga upp, det var små fönster på raketerna så att turisterna skulle få ut allt av resan. Kände mig som allt annat än en turist, fast kanske var det det vi var innerst inne. 10,9,8,7, skakningarna blev klart tydligare, 2,1, ett enormt vrål hördes och det kändes som raketen mycket sakta kom iväg. Efter ytterligare några sekunder började G-krafterna kännas och det var svårt att röra sig. Lyckades se ut ändå och såg att det brann på flera ställen längre bort, stackars jävla människor. Det dog folk och jag kunde inte annat än att känna mig lite skyldig till det hela. Fast bilden av mig hängande i en lyktstolpe skulle ju ha fallit nästa som skulle ha lett truppen. Efter en stund lättade G-krafterna och jag förstod att vi var utom räckhåll för UPA. »Vi är på väg, Riya, ingenting stoppar oss nu.« »Känns så overkligt«, svarade hon, »nu får vi bara hoppas att dom andra kommer iväg också. UPA är säkert rasande när dom ser raketerna flyga iväg«. »Ingenting vi kan göra mera än att hoppas, be kan jag inte.«

14 DOCKNING

Resten av resan till Quasitor samt dockningen gick på rutin som den gjort hundratals gånger tidigare, så länge Quasitorprojektet pågått, i över 30 års tid. Hon såg mäktig ut, som en farkost på havets botten med den skillnaden att hon hade belysningen på. Men annars bara mörker med stjärnor långt borta. Vi är små sketna dammkorn i helheten, var det första som kom i tanken. Vi avlägsnade oss i rask takt från farkosten in i Quasitor. »Välkomna till Quasitor allihopa, jag har väntat på er. Jag heter Linda och står till erat förfogande. Extra eloge till John Carter samt Riya Carter.« »Kalla oss John och Riya, och hälsningar från Leyla, fantastisk syster du har.«, svarade Riya. »Angenämt, Riya och John, om 26 minuter anländer lass nummer två, får jag föreslå att ni tar era personliga packningar till era rum. Rumsnumren är i bokstavsordning på skärmen«, avslutade Linda. Jag tog till orda. »Slappna av nu och håll er så mycket som möjligt i skymundan så vi får alla dockade smidigt, ni kan följa med situationen på skärmen. Ja och välkomna ombord, nästa gång vi rör marken är det någon helt annanstans.« Jag gick till mitt rum med Riya, hon hade rummet bredvid. »Kan du tro att vi är här, John?« »Absolut inte, tror att jag vaknar nästa gång i min lägenhet i New York. Jag tar en snabbsväng och kollar att allt det som fattades säkert kommit med i lagret.« »Kanske bäst jag sköter det här«, sa Riya skrattandes. »Linda, är

lagren kompletterade?« frågade Riya. »Ja, naturligtvis, allt
har kommit under dagens lopp plus lite till. Det blev ju
mera plats när ni tar båda skyttlarna så vi har fyllt på med
mediciner, torrfoder samt mera foder till djuren också«,
svarade Linda. »Fixat«, sa Riya och skuffade ner mig i
sängen. Efter en stund gick vi och satte oss i cafeterian
för att vänta på nästa grupp. Där satt 3 deltagare, trodde
det var av reserverna. »Får man slå sig ner?« frågade jag.
»Ja, gärna«, en blond gentleman drog ut stolen för Riya,
Joni stod det på namnlappen. Dom andra två var kvinnor.
»Hur känns det nu?« frågade Riya. En ung dam som det
stod Aberash på namnlappen svarade: »Ja hej, jag heter
Aberash, jag är från Etiopien, ja hur känns det? Overkligt
skulle jag säga, jag menar för två timmar sen visste vi ju
inte om vi skulle slippa med.« »Ja hej, jag heter Adina och
är också från Etiopien, ja det är ju spännande och otroligt
nervöst.« »Ja jag är Joni och är från Finland.« Jag svarade,
»Jag var i Finland i november faktiskt, jag förstår att ni är
nervösa, det är vi alla. Men vi är med om något unikt, det
är vi som tillsammans ska skapa en helt ny värld. Så gott
som fri från politik, byråkrati och vi kommer att så små-
ningom vara utan teknologi också. Men vi har kunnan-
det, vi har lärt oss av misstagen i historien. Nu gör vi allt
rätt tillsammans, eller hur?« Alla nickade instämmande,
egentligen berättade jag det här så dom skulle sprida min
mening vidare obemärkt, samt förstås att inge förtroende.
Grupp två anlände enligt tidtabell och Linda hälsade dom
välkomna. Jose och Yong kom till mig och Riya. »Skönt att
se er, gick allt bra?« »Ja tack Riya, jag tror det, jag har ingen
erfarenhet av sånt här, men alla är lyckliga här«, svarade
Yong. »Jag går till mitt rum, jag kommer tillbaka om en
stund«, sade Jose. Där satt vi sen alla fyra och väntade med

spänning på inkommande deltagare, samtidigt såg vi på skärmen hur det såg ut vid gränsen till säkerhetszonen. UPA pressade på hårt och försökte febrilt få missiler mot raketerna, men än så länge hade armén lyckats avvärja alla. Den nionde raketen var nu på väg och utom räckhåll från missilerna. Vi var nu över tusen människor som stod och trängdes i cafeterian, ingen ville vara ensam nu och jag förstod det så jag lät det vara. Nu var det bara några minuter till start före sista raketen. Riya höll om min arm så jag säkert fick blåmärken. Alla stirrade på skärmen som om det vore straffläggning i världsmästerskapen i fotboll. Nu var den sista raketen på väg. Då såg vi det, en enorm explosion och vi förstod att missilskyddet inte höll till slut. Nästan alla grät och folk kramade om varandra fast dom inte ens kände varandra. Jag måste hålla mig stark, fast jag tänkte mest på Mike och Sakari och dom resterande deltagarna. Vi satt några minuter och ingen sa något, snart måste jag ta till orda då alla tittade på mig. Jag ställde mig upp och harklade mig, men Linda avbröt mig. »Vi har en kontakt. »Hej svejs, så lätt blir ni inte av med mig.« »Mike«, skrek jag. »Det var en 'dummy'-raket som exploderade, dom sköt upp den 500 meter närmare gränsen. Det var den som exploderade, vi är snart där«, avslutade Mike. »Jaaaa«, skrek alla och en eufori av glädje spred sig. Den nionde raketens deltagare kom precis in i glädjeyran och folk sprang och berättade vad som hänt. Jag satte mig tungt ner i stolen, helt slut. Viken emotionell bergochdalbana, Riya kramade om mig gråtandes av lycka. Folk dunkade mig i ryggen som om jag gjort ett stordåd. Men dom förstod väl hur mycket det betydde för mig. Jag ställde mig upp, »som Nietzsche sade, det som inte dödar oss gör oss starkare, och jag var inte det minsta orolig.« Fick det där utlösande skrattet jag hade hoppats på. Snart skulle Mike anlända med sista raketen och jag lät folkmassan hålla sig. Mike och Sakari blev mottagna som stora hjältar. Jag kramade om båda, »fan med er, ni skrämde skiten ur oss, härligt att se er.« »Ja det var nära«, sa Mike. »Explosionen var inte långt ifrån, vi såg den i rutan.« »Hur är läget där nere?« frågade Riya. »Vi vet nog inte mera än ni men inte är det ju bra, stackars satar på båda sidorna«, svarade Sakari.-

Efter en halvtimme tog jag till orda, »Linda, tar du mig på speakern så att alla hör. Välkomna till Quasitor, vi klarade det. Vilken dag, svår att smälta. Om nån vill prata med läkarna eller sjuksköterskorna, jag menar om det kändes tungt, så är dom till allas förfogande. Annars fortsätter vi som följer, I morgon börjar nedsövningen, och jag vill att ni är utvilade, jag vet att ni får sova i 200 år men viktigt att alla är vid sina sinnens fulla bruk med blodtryck och annat. Jag låter Mike ta ordet här för han har varit med om det. »Trevligt att se er, och den här gången menar jag det ordagrant, fast jag är soldat så är jag människa först och främst. Men som John nämnde så har jag testat på nedsövningen i 6 månaders tid. Inte så mycket att säga faktiskt, ni lägger er i kapseln, stänger ögonen och öppnar dem. Jag trodde inte på dom när dom sade att jag sovit 6 månader. Men sen såg jag att Craig hade skägg och då förstod jag att det var sant. Ni vaknar precis normala, men det känns som en blinkning med ögat, ni drömmer inget, ni känner inget. En del kan få en lite stickande huvudvärk, men det är över efter ett par timmar. Så det är ingenting att vara rädd för, om ni vill kan ni få ett lugnande medel före.« »Tack Mike«, fortsatte jag. Jag rekommenderar att ni så småningom gör er klara att gå och lägga er, det är inget måste. Det här är inget tältläger för barn, ni är alla vuxna. Och nu mera än någonsin, vi har alla ansvar för vår nästa, här mobbas ingen eller lämnas utanför. Nu njuter vi av livet och vår diversitet. En gång till, välkomna alla«.-

Jag satte mig på stolen i mitt rum, Riya frågade om hon fick rota i min personliga väska. »Ööö, det får du väl, finns inget spännande där.« Men visst fanns det ju det, hon satte min Chivas Regal-flaska på bordet och hämtade två glas. »Du är ju klärvoajant«, tittade tacksamt på henne. »Hade tänkt att vi skulle korka den på Viridis, nu avdunstar väl resten när sigillet är brutet i 200 års tid.« »Kanske finns det en flaska till bland mina personliga saker«, sade hon och satte sig i min famn.-

Det var full rulle i cafeterian under morgonmålet, linda hade ordnat så att inte alla gick och åt samtidigt. Finns begränsningar hur mycket syntetisk mat en robot kan spotta ut från sig. Det borde vara en relativt lugn dag, om ett par timmar skulle nedsövningen börja och det skulle gå i snabb takt. Enda orosmomentet var om nån skulle vägra bli nedsövd, då skulle dom tvångsnedsövas med en spruta, Mike och Sakari skulle vara till hjälp som dom starkaste. Men trodde inte på det då dom i så fall skulle få sova hela 400 års tid, vilket medföljde risker. Alla var naturligtvis informerade om saken. Vi åt vår omelett tillsammans med några deltagare som ställde en hel del frågor. Vi hade ju inte något att berätta om Viridis, så vi fick bara spekulera tillsammans med dom. Klart det fanns tonvis att spekulera om, men onödigt att tänka i negativa toner. Och vi hade ju inget val. Quasitor skulle ännu accelerera i ungefär ett dygn till tills vi var i maximifart. Men snart skulle vi ha vårt solsystem långt bakom oss.-

Vi gick efter morgonmålet med Riya, Mike, Sakari, Jose och Yong till en soffgrupp för att prata. »Fan va skönt att vara på väg äntligen«, sade Sakari, lite ovana situationer för mig. »Det är det för alla och du skötte dig perfekt igår, lugnet själv. Själv tänkte jag skita på mig när jag såg explosionen«, svarade Mike. »Det var ganska tufft igår för alla«, sade Yong, vi var spända i flera timmar här uppe och sen den där explosionen, snacka om känslor.« »Men nu kan vi ta det lugnare«, svarade jag. Vi håller koll på deltagarna och håller modet uppe. Bara pratar med dom och skämtar lätt. Vi ska ju sövas ner sist, jag näst sist och Riya som den sista.« »Kanske jag stannar kvar och festar med Linda«, sade Riya. »Du menar att jag skulle vakna upp och se ett skelett av dig med min whiskyflaska, jo jag tackar jag.« Vi drog oss tillbaka och började förbereda nedsövandet. Det var nästan som man väntade på det.

15 VI SES SNART

Jag hade bett alla redan i går kväll göra en sista videohälsning till nära och kära, så skulle dom ha svar när dom vaknade upp. Vi tog ett sista samtal med Craig på en säkrad linje. Han önskade oss lycka till och sa att hans livsverk nu var fullbordat. Nu var det vår sak att bygga upp en ny civilisation som inte skulle ha sådana följder som bland annat nu utspelades på jorden. »Res i frid«, var hans sista ord.-

Efter att vi bandat in våra meddelanden med Riya satt vi en stund och reflekterade över våra föräldrar, också i vilken värld vi hade lämnat dom. Skuldkänslorna var stora förstås. Men samtidigt såg vi framåt och försökte tänka positivt. »Det skulle ha varit tungt utan dig Riya, jag menar alltihopa, lämna familjen och att lämna världen i en kris. Inte vårt fel förstås, men du förstår vad jag menar.« »Jag förstår precis vad du menar och så känner nog dom flesta av oss. Men nästa gång vi vaknar finns det ingen kvar som minns oss, även om vi fortfarande känner sorgen så nära.«-

Vi började nedsövandet med grupper på 10 i taget som Linda satte upp på skärmen. Alla hade satt på sig en åtsittande coverall av specialtyg, den lämnade inte mycket åt fantasin. Vi började med Riya med dom 10 första, först gick vi förbi bordet där små plastglas med det lugnande medlet var för dom som ville ha det. En ung dam frågade mig vad det innehöll, jag viskade åt henne »Placebo« och blinkade på ögat. »Men den smakar gott så varför inte?«

Hon hällde i sig drycken och rullade med ögonen som om hon höll på att svimma, sen skrattade hon. Härlig kvinna, en riktig komiker. Ra Finneman stod det på namnlappen. Jag ledde henne till kapseln som hade 2 trappsteg upp, jag hjälpte henne att lägga sig raklång och sa: »Ra, nu stängs luckan och för dig känns det som om den öppnas genast, trevlig resa.« »Ajaj, capitanos«, svarade Ra. Skrattande stängde jag luckan. Det gick fort framåt, tog kanske en minut för mig och Riya för vår grupp på 10, sedan kom redan dom följande. Och så rullade det på, vi satt med de andra ledarna och väntade vid bordet, med jämna mellanrum kom nån nervös med någon fråga dom redan hade svaret på. Vi lugnade dom och Linda flyttade dom automatiskt till nästa grupp på 10. Det var helt enkelt bäst så, att få dom oroligaste undanstökade först. Linda var nog fantastisk. Det var Riya som förklarade det för oss, Linda kunde via chipet följa med allas sinnesstämning och plockade orosmoment ur »vägen«. Så förflöt dagen och vi var redan igång med specialisterna. Till slut var det bara jag och Riya kvar. Vi tittade över det enorma »fältet« med kapslar, såg riktigt skämmande ut. »Jag har så ledsamt efter dig redan«, sade Riya. »Det är bara en blink med ögonen så är vi tillsammans igen«, sa jag. »Vi går samtidigt, vill inte bli ensam här, känns som en gravgård«, sa Riya. Vi klättrade upp i kapslarna och stängde dem samtidigt.-

Jag kippade efter andan och öppnade ögonen, i den dämpade belysningen såg jag en leende Riya, »va, ligger du där och latar dig, upp och hoppa, vi har jobb«, skrattade hon. Hon räckte mig ett glas med någon vätska, jag svepte den i mig. Hade inte en tanke på att fråga vad det innehöll, gav Riya den så hade den någon funktion. »Vi gjorde det«, sa jag och gav henne en kram. Jag fortsatte »jag tar en dusch, jag vill bli av med den här clownkostymen. Är det ok att vi väntar lite med att väcka dom andra? Tänkte vi skulle höra dom sista nyheterna från jorden.« »Bra idé«, sa Riya, »det är annars en som inte klarade av resan. Det kommer inga livstecken från hennes kapsel.« »Åh fan«, sa jag, »vem?« »Susan Hallenberg, svensk«, svarade Riya. Sorgligt, tänkte jag, hade just nu inget minne av vem det var, hade varit så kort tid att lära känna folk. »Ok, vi tar det sen och kollar i protokollet hur man går tillväga, tråkigt, men det kunde ha varit värre.« Kändes som jag skulle ha duschat för någon timme sedan, men det var över 200 år sedan. Insåg att jag var längre borta i universum än någon annan varit. Kände ännu doften av deodoranten jag satt på mig sist. »Hur fan går det till?« tänkte jag. Det var ju en rolig tanke, men nu började verkligheten smyga på. Föräldrarna var döda sen länge, hoppades jag skulle ha ett meddelande från dem. Linda blåste mig torr, och jag tog på mig Quasitor-coverallen. Alla hade en likadan. Jag hade 3 stjärnor på axelklaffarna, Riya, Jose, Mike, Sakari och Yong 2, specialisterna hade en stjärna, och dom andra del-tagarna hade likadana coveraller men utan stjärnor. Alla hade dock en namnskylt, vi skulle nog lära känna varandra under följande månad. Gick in till Riyas rum, »vi kan ju titta på det här«, sa jag. »Men kom och sätt dig bredvid mig på sängen, jag är livrädd«, sade Riya. »Jag med«, svarade jag. Riya skrattade »viket lugn du anförtror«.-

»Linda, spela upp sista meddelandet från jorden«, Linda svarade genast »spelar upp sista meddelandet från 1 mars 2204«. »Vänta«, skrek jag till, »håll det där«. Jag hade alltid varit snabb i huvudräkning. »Menar du att sista meddelandet kommit för 170 år sedan?« Riya höll händerna framför ansiktet och kikade mellan fingrarna.

»Det är riktigt, John«, titta på meddelandet så förstår du. Jag får enligt protokoll inte kommentera på det här. Riya kröp upp bakom mig och höll om mig runt bröstkorgen, vi var som barn på en skräckfilm, bara popcornen fattades. »Helvete, helvete«, sa jag. »Vi tar tjuren vid hornen då, spela upp det.« Först kom WSA:s logo, sen uppenbarade sig en kvinna som jag aldrig sett. Hon såg otroligt trött ut. »Mr. John Carter, jag heter Allison Ried, jag jobbar som tekniker på vad som var WSA. Har blivit ombedd att skicka det här tråkiga meddelandet. För ungefär två år sedan, ingen vet exakt när det började, bröt en pandemi ut, den är luftburen så ingen förstod hur allvarlig den var för inkubationstiden är mellan 3 månader och upp till 2 år. Döden kommer mycket fort när den bryter ut. Men alla på jorden var smittade, alla världens vetenskapsmän jobbade på att hitta en kur men det var förgäves. Ett vaccin mot sjukdomen finns och ni har formeln, men om man var smittad så finns inget att göra. Och alla är smittade. Alla på Mars och Månbasen är också döda p.g.a. den täta skytteltrafiken. Folk hankar sig fram där ute och försöker hitta föda, all infrastruktur har körts ner för länge sedan. Vi är en handfull kvar i hela världen skulle jag tro, jag har själv feber nu och har kanske några timmar före jag är borta. Men ni förstår säkert att ni är dom sista kvar av rasen Homo sapiens. Alla jordbrukare och djurparker har släppt ut sina djur för att dom ska ha en chans. Men mänskligheten är förbi på jorden. Lycka till med vad ni än beslutar er för att göra.-

Vi spelade upp meddelandet 2 gånger till. Sakta började innebörden gå upp för mig. »Linda, hur länge tar det att få stopp på Quasitor?« »48 timmar«, svarade hon genast. »Linda, börja sakta in för fullt stopp.« »Insaktningen påbörjad«, svarade hon. »Hur tänker du nu John?« »Nu väcker vi upp Jose, Mike, Sakari och Yong. Sen funderar vi tillsammans, om vi vänder om eller hur vi gör.« Vi väckte upp dom 4 andra ledarna. Riya gav sin dryck som visade sig hjälpa mot huvudvärken. Vi bad dom ta en dusch och byta om och komma till närmaste soffgrupp. Mike kom först med sitt breda leende, »titta, jag är ju general«, sa han och pekade på sina stjärnor och skrattade. Det kändes riktigt skönt att skratta med honom, men snart skulle allvaret börja. När alla var på plats bad jag Riya berätta om Susan Hallenberg som inte klarade resan och att vi skulle ordna rymdbegravning senare idag och dom som ville fick delta. »Synd att vi förlorade en av de våra, vi visste alla att risken fanns och vi får hoppas det var den sista vi förlorade på den här resan. Men nu vill jag att ni förbereder er för nästa chock, vi kommer inte att väcka upp någon annan före vi har klarhet i det här. Linda, spela upp meddelandet.«-

Reaktionen var den samma som jag och Riya haft, tystnad. Jose började »12 miljarder människor, borta«. Alla satt fortfarande bara och såg framåt. »Vad händer nu?« frågade Sakari. Jag svarade: »Vi har två alternativ, att fortsätta enligt planerna eller att vända om. Det är det här vi måste prata om. Jag har redan bett Linda om fullt stopp på Quasitor, om 48 timmar står vi helt stilla. Och som sagt, vi är dom sista representanterna av Homo sapiens.«

»Yong, vad säger du?« frågade Riya. »Jag försöker smälta det här, har du kollat på formeln till vaccinet, Riya?« Jag har ögnat igenom det, borde vara en lätt sak att koka ihop det med det vi har. Även om jag inte tror att det skulle behövas mera, men jo, om vi vänder om blir alla vaccinerade.« Mike, du då?« frågade jag. »Jag gör som han med 3 stjärnor säger, men min personliga åsikt är väl att det skulle vara säkrast att vända om.« »Mike har säkert rätt, vi är på väg till det okända, riskerna är betydligt större. Missar T-rex, men det får bli till nästa gång«, svarade Sakari. »Samma åsikt här«, sade Jose och Yong. »Bra, då blir det så, vi missar Viridis, men säkert blir nästa äventyr minst lika spännande. Det är ju frågan om samma sak, att bygga upp en ny värld. Men nu i en bekant skepnad.« Vi beslöt att vi väntar ett par timmar med att väcka upp specialisterna och med deras hjälp väcker vi upp och berättar saken för resten av deltagarna. »Får jag föreslå att vi går och äter«, sade Mike.

16 SHOULD I STAY OR SHOULD I GO NOW

Uppväckandet av specialisterna väckte inga problem. Vi gick med samma schema, dryck mot huvudvärken. Bad dem gå och byta om och komma till cafeterian för möjlighet till bespisning och att höra nyheter. Vi började med att berätta om Susan Hallenbergs bortgång och om möjligheten att ta del i minnesstunden samt rymdbegravningen. Sen spelade vi upp lindas sista meddelande från jorden. Bestörta reaktioner precis som vi väntat. Jag måste medge att det gick kalla kårar för mig också fast jag hört meddelandet säkert 5 gånger. Sen tog jag till orda: »Ja, jag förstår att ni är i något av ett chocktillstånd. Men vi måste ta oss samman, snart måste vi väcka upp resten av deltagarna. Då måste vi i varje fall ha ett ytligt lugn som vi kan vidarebefordra åt dem. Men vi har unisont bestämt oss för att vi vänder tillbaka mot jorden, och insaktningen av Quasitor har redan börjat. Orsakerna är många, men vi är dom sista representanterna av Homo sapiens. Vi kan inte ta risken att åka in i det okända, oberoende av att det är det ni har skrivit på. Ett äventyr blir det här också, av oanade mått, men i en betydligt bekantare tillvaro. Var så goda och ställ frågor?« En mörk kille med indiskt utseende var den första att sträcka upp armen. »Banil Mandara vägbygg, var på jorden skulle vi stationera oss?« »Vi har inte bestämt det ännu, men i ett varmt klimat så vi fort får igång odlingar som kan föda oss. Senare kan vi ju sen utvandra vart vi vill. Det är inget fängelse vi bygger upp. Jag frågade Linda tidigare om bästa möjliga ställen att starta ifrån och där kom ofta Sri Lanka upp, men det är inte säkert ännu men en stor möjlighet«, svarade jag. Jag såg hur Banil Mandara sken upp. Pekade på honom och sa »berätta«. »Ja, jag är från Sri Lanka, jag fick min ingenjörsutbildning i Colombo.« »Jättebra, vi har säkert många frågor till dig om det nu blir så att vi beslutar för Sri Lanka, lutar ditåt i varje fall.« »Jag står till förfogande«, svarade Banil leende.-

»Men nu måste vi börja väcka upp resten av deltagarna. Ni får alla en liten grupp, samma program som för er, drycken, duschen, sen bestämmer ni var ni ska träffas om 30 minuter. Sen berättar ni om Susan och att vi har en ceremoni för dom som vill delta, sen tittar ni på sista meddelandet från jorden och diskuterar saken i lugn och ro. Och kom ihåg att inge dom förtroende, och att vi fortfarande är på väg att börja en ny värld alla tillsammans. Linda, delar du upp oss 203 så att vi alla får lika många deltagare att ta hand om. Och gärna så att vi alla har kapslarna där deltagarna ligger bredvid varandra så slipper vi springa omkring och leta.« Hann knappt säga meningen till slut så hade Linda dom på skärmen. Jag skakade på huvudet, »var har du varit hela mitt liv?« sade jag. »Så länge har jag inte funnits«, svarade Linda. Ett avslappnande skratt från specialisterna fick dem att resa sig upp och börja förbereda mottagningen av sovarna.-

Det var idel glada miner som reste sig upp. Alla såg häpna ut och hade samma fråga: »har vi faktiskt sovit 200 år?« Förutom Ra Finneman, »Ahoi kapten«, »Ahoi matros«, svarade jag, »upp och hoppa«. »«Kan jag inte ta de andra tvåhundra nu när jag kom igång?« Jag nöjde mig med att skratta. »Drick det här, Ra, så får du bort huvudvärken«, sa jag. »«Jag är irländare så jag är van vid huvudvärk på morgonen, tack bara.« Jag bara skrattade, härlig kvinna. »Men ni duschar väl i Irland också? Gå till ditt rum så kommer jag dit om 30 minuter med en grupp på 6 personer. Det blir trångt men nån får sitta på golvet, så får ni lite nyheter.« »Ska bli«, sa Ra och skuttade iväg som rödluvan. Riya stod en bit ifrån mig och rynkade på ögonbrynen och skrattade. Hon kom emot mig och sa »vi tycks ha hittat en riktig komiker, kommer inte ihåg henne från ansökningsvideon«. »Inte jag heller, måste ha varit Mike som valde henne, vi kommer att behöva henne, har jag på känn«, svarade jag fortfarande småskrattande. Efter 30 minuter knackade jag på dörren. »Kom in, kapten«, hojtade Ra. Jag gick in och såg att hon bytt om till vår gemensamma coverall. »Från ena porrkalsongen till den andra«, sa hon. Ingen annan hade ännu kommit. »Du har bra fart på dig, Ra, gillar det.« »Var inte orolig, helgalen är jag inte.« »Vad fick dig att söka till projektet?« frågade jag. »För ett år sedan fick jag ett skapligt jobb och övertalade dom att chippa mig, och lyckades där. Sen hörde jag via djungeltrummorna om det här och ansökte bums. Jag visste ju att det var tusentals sökande så gjorde en video som inte var det där ordinära skitsnacket, så att jag skulle sticka ut lite. Tydligen var det bra taktik.« Jag skrattade, »det var det helt klart, och jag kan berätta att det inte var jag eller Riya som godkände dig utan Mike. Han tycks också ha gillat dig.« »Ok, intressant, den där stiliga jätten?« »Just han ja.« »Jag har egentligen aldrig haft nån kille, jag tycks skrämma livet av dom med mitt sätt.« »Hmm«, sa jag. Nu började resten av gruppen jag skulle ta hand om droppa in. »Fan, vi ser ju ut som tvillingar eller nåt, sexlingar eller något ditåt. Nej, sju blev vi, vad är man då, sjuling? Jävla kallingar, har du inga andra färger, kapten? Hennes humör och fart smittade av sig på alla, och vi trängde ihop oss på sängen och stolarna. »Jag skulle hellre sitta och lyssna på Ra hela kvällen än berätta det jag har att säga. För det första, en av oss, Susan Hallenberg, klarade inte resan, vi har rymdbegravning samt en minnesstund senare idag. Jag är ledsen. Men vi måste vara starka nu och livet går vidare, men det som ni kommer att höra till näst kan vara ganska tufft. Därför är jag med här så vi i lugn och ro kan gå igenom saken. »Nu ska vi lyssna på det sista meddelandet från jorden, det kom för 170 år sedan.« Alla tittade på mig. »Jag är ledsen, men här kommer det. Linda, spela upp sista meddelandet från jorden.« Reaktionen var mycket starkare än den varit med specialisterna eller när jag och Riya lyssnade på det. Kan ha berott på att dom var betydligt yngre dom här, och att deras föräldrar var så pass unga att dom antagligen dött i pandemin. Alla grät förutom Ra, som bestämt tittade på mig. »Vill du öppna dig, Ra?« frågade jag henne. »Före mitt sista år på jorden då jag fick jobb och blev chippad trodde jag att jag bodde i helvetet. Jag bodde i Belfast där det som värst bodde säkert 2 miljoner för många människor, slagsmål, mord, svält var vardagsmat. Jag hade ingen familj och tiggde och drog på gatorna också tills jag på något sätt fick jobb som vakt på en privat firma. Skulle jag inte vara här så skulle jag vara död också. Men mina känslor nu? Tror inte jag har några, förstår dom andra här som säkert hade det bättre och hade familj, att det kan vara svårt. Men döda skulle ju alla ha varit i varje fall vid det här laget. Jag känner mig tom.« »Tack ska du ha, Ra, är det nån annan som vill öppna sig?« Alla skakade på huvudet. »Ni kan lyssna på era privata meddelanden om ni fått svar på dom i era rum efter det här. Hoppeligen ger det nån tröst, och vill ni prata privat med nån av läkemedelsteamet så är det bara att gå och knacka dom på ryggen. Och det är viktigt att ni pratar, och tiden läker sår, bra blir dom aldrig, men det lättar. Men jag har mera att berätta, lika bra att ni får allt på en gång så det inte går onödiga skvaller på Quasitor. Jag lovar att jag alltid kommer att vara öppen mot er och berätta allt jag vet. Vi håller på och saktar in och när hastigheten är passlig vänder vi om mot jorden. »Men är det inte farligt där nu?« frågade en kille på vars namnlapp det stod Ben Acker. Tysk eller österrikare, tänkte jag. »Det är nu det säkrare alternativet och en bekant omgivning. Vi kan inte åka till Viridis som dom sista människorna i Universum. Kom ihåg att dom här händelserna på jorden hände för 170 år sedan, när vi kommer dit har det gått 370 år sedan dess. Naturen har tagit över, städerna är förfallna, skog och djungel frodas och det finns säkert fisk i massvis. Kommer ni ihåg dom stränga kvoterna vi hade för att fisken inte skulle ta helt slut? Fisk finns det säkert hur mycket som helst, vi kan grilla fisk varje dag. Inget surrogatskit utan riktig fisk. Bara som ett exempel. »Ja jäklar, kan vi flytta till en liten söderhavsö, jag har sett bilder på hur det var på dom för länge sen«, jublade Ra. Hon var ju en fantastisk förstärkning i det hela, Ra, alla såg ut att gilla hennes barnsliga optimism och jag såg att det hade en lugnande effekt på dom andra. »Ganska nära vad du tänker, Ra, vi har funderat på Sri Lanka, det var i tiden ett tropiskt paradis.« »Fan va skönt, du är bäst, kapten.« Började inse möjligheterna att använda Ra, efter alla svårigheter hon hade haft i sitt liv kunde hon ha mycket att ge dom här andra som, ja, faktiskt kom från en överklass. Men vi tar en liten paus här, gå och lyssna på era meddelanden från nära och kära så berättar vi i högtalaren när det händer något. Tack ska ni ha och jag är ledsen att jag inte hade bättre nyheter.-

Jag var i mitt rum med Riya när det knackade på dörren, såg på skärmen att det var Ra. »Kom in Ra«, ropade jag. »Förlåt att ja stör, ja menar när du är här med bruttan och allt.« »Sätt dig Ra«, sa Riya »Och förlåt det där med 'Bruttan' och så, jag menade inge..« Riya skrattade. »Om du inte hade kommit snart hade jag kallat på dig, John har berättat allt om dig.« »Vadå liksom«, sa Ra och såg skyldig ut. »Förstå inte fel, vi gillar dig. Du är som en frisk fläkt här, vi behöver dig.« »Till vadå?« undrade Ra. Jag fortsatte »som Riya sa, du sticker ut, man ser att du upplevt saker på ett annat sätt, du har fötterna på jorden. Jag gissar att du inte skickade någon videohälsning för du visste inte till vem du skulle ha skickat den, eller hur? Ra skruvade sig i stolen, »nej, det fanns ingen«. »Men nu har du en familj här med oss där vi alla accepterar dig som du är, du är så välkommen.« Tårarna började rinna längs Ras kinder. »Förlåt, jag är lite ovan, ingen har någonsin varit vänlig mot mig.« »Oj, Ra«, sa Riya och kramade om henne, det ska vi ändra på. Och Ra, en sak till, Linda har gjort en ny namnlapp åt dig. Se här: »Ra Finneman Youth Counselor.« Ra tittade lycklig på sin nya namntag. »Och den här ska du också ha«, sade Riya och fäste en stjärna på båda axlarna. »Vi vill att du ska hjälpa deltagarna som tar sakerna lite hårdare än dom andra, bara prata med dom och så. Tror du att du klarar av det?« frågade Riya. »Jag ska bli den bästa youth«, hon tittade på namntaggen, »youthcounselor ni sett, tack kapten och bruttan, ni är så snälla.« Gå och ta en bit mat så pratar vi mera senare. Ra gick iväg och vi blev ensamma. Jag lade mig i sängen och sade: »kom hit, bruttan.«-

Vi hade möte med specialisterna och presenterade Ra för dom som vår nya medlem. Före vi började mötet gick Ra till Mike och gav honom en puss på kinden och viskade i hans öra: »tack för att du valde mig med, du är bäst«. Hon var ett riktigt naturbarn, samtidigt var det roligt att se hur förlägen Mike blev. Alla applåderade åt Ra och man såg på henne att hon inte var van vid sådant, jag såg att hon hade svårt igen att hålla tårarna borta.-

»Men vi går vidare, om en halvtimme har vi rymdbegravningen i aktern av skeppet. Alla deltagare får ta del om dom vill. Susan Hallenberg kommer att skuffas ut i rymden, lite som en torped. Linda spelar passande sorgmusik. Håll ett öga på dom andra svenska deltagarna, vi har tre. Där, Ra, kan du se om dom behöver lite extra tröst.-

Det hade samlats ett par hundra deltagare på akterdäck som alla såg sorgsna ut. Susan Hallenberg var insvept i Sveriges flagga och låg på en skena. Jag började »tack för att ni kom för att säga farväl till Susan Hallenberg på hennes sista resa. När jag lovade mig som ledare för den här resan visste jag att något liknande kunde hända. Vi kände alla till riskerna, men ändå känns det overkligt. Jag hann aldrig lära känna Susan, men är säker att hon var en god människa, så som ni alla som är med på den här resan. Om nån vill säga något så varsågoda innan vi skickar iväg

Susan på hennes sista resa.« Dom tre svenska deltagarna, 2 manliga och en kvinna, gick fram till Susan och klappade på henne och önskade en bra resa.« Linda satte på en sorgemarsch och sakta försköts Susan ut i rymden för all evighet. Vi kunde se på skärmen hur hon försvann ut i mörkret. När vi inte såg annat än ett mörker bröt vi upp. Jag såg hur Ra stod och kramade om en av dom svenska deltagarna som grät hysteriskt. Hon ledde honom till ett bord där dom satte sig för att prata.-

»Det var en vacker tillställning«, sa Riya. Och viktig också, tror jag, för alla som var där, det kan hjälpa att ge utlopp för sina känslor och minskar den posttraumatiska stressen som alla har efter nyheterna från jorden. Och jag var så stolt över Ra, va fin hon var. Känns nästan som vi fått en dotter«, sade hon och tittade på mig. »Jag håller med i allt du sade«, svarade jag.-

Vi hade inget fastspikat program för dagen så jag kallade på oss »ledare« för konsultation. Vi satte oss i en soffgrupp. I morgon börjar vi jobba, vi har 29 dagar kvar före nästa nedsövning. Linda ger er alla era personliga konditionsprogram, hon vet exakt vad som behövs. Det är inga stora grejor, vi är ju alla i relativt bra form, en halvtimme per dag eller så. Och dom flesta rörelserna kan ni utföra på ert rum. Linda säger till om det är något ni måste bättra på. Jag tillsammans med läkarna, veterinärerna, lärarna, ja, och Ra förstås, börjar med grupparbeten med deltagarna, lite om politik och hur jag tänkt att vi skulle ha det till en början. Jose, du tar resten av specialisterna och delegerar dom i grupper som du vill. Ert jobb blir att med Lindas hjälp kartotera Sri Lanka och ser var vi placerar dom 2 grupperna.« »Ska vi ha 2 grupper fast det inte blir Viridis?« frågade Sakari. »Det ska vi, fortfarande för att eliminera riskerna, också infrastrukturen blir lättare att handha. Vi kan ha samhällena närmare varandra, 100–150 km. Se till att vi är nära stranden så vi har åtgång till fisk, gärna till jakt också och framför allt agrikulturen. Och givetvis måste vi ha åtgång till sötvatten. Linda får på skärmen allt ni behöver veta om Sri lanka, 3D-bilder, monsunerna, höjdskillnader med mera. Vägbyggarna ser om vi kan utnyttja gamla vägar som funnits, nu igenvuxna förstås, men det kan finnas också användbara vägstumpar mellan samhällena.« Alla verkade taggade med att sätta igång, »jag vet att alla vill börja planera, men idag gör vi något mycket viktigare. Idag ska ni gå omkring och prata med deltagarna, dom är yngre och behöver er, vi skall bli en stor familj där alla trivs. Passa på och fråga vad deras intressen är och var dom helst skulle vilja kontribuera i vårt samhälle. Har ni frågor?« »Vad ska jag göra?« frågade Mike. »Det du är bäst på, du ska vara Mike«, du hugger i där det känns att du behövs. Och prata med Ra, tror det är viktigt för henne också. Hon har inte riktigt förstått att hon är en av oss ännu. Och en sak till, passa på att njuta av rymden, titta ut från fönstren. Det blir något att berätta för barnbarnen.« Jag gick omkring med Riya och pratade men dom härliga ungdomarna. Vi frågade om vi fick slå oss ner med en grupp med 4 japanska deltagare. Dom ställde sig alla upp och bugade »det vore en ära, Mr. och Mrs. Carter«, sade Masako Sato och väntade på att vi skulle sätta oss först. »Tack Masako«, sade jag. »Men ni måste lära er att kalla oss efter våra förnamn, John och Riya går riktigt bra. Jag respekterar er japanska artighet, inget fel i det. Men det blir lite fel om alla utom japanerna skulle kalla oss mr och mrs, eller hur. »Naturligtvis, John och Riya.« Vi skrattade alla. »Hur mår ni nu?« frågade Riya. »Hej, jag heter Hana

Takahashi, allt går ju så fruktansvärt fort, det har hänt så mycket så mest sånt vi pratar om.« Riya fortsatte, »jag förstår precis vad du menar, vi hinner inte med att processa allt som händer. Har ni redan vant er vid tanken att vi vänder om till jorden?« »Ja, vi har talat om det, vi är nog alla ganska förväntansfulla att få bo i tropikerna, vi är ju från Japan och alla japaner älskar fisk«, skrattade Hana. Och så gick kvällen framåt, vi pratade med så många som möjligt. Det kändes bra att märka att alla hade en positiv inställning till att vi skulle vända om. I morgon skulle vi ha grupparbeten med dem och kartotera lite hur dom ville att deras framtid skulle se ut. »Men nu, John, är jag utpumpad, jag drar mig tillbaka till rummet, kommer du med?« »Skiter björnarna i skogen?« »Va?« frågade Riya, »det gör dom väl«. Jag skrattade, »ett amerikanskt talesätt, betyder ungefär samma som självklart«. »Bra att jag fick bort dig därifrån«, skrattade Riya.

17 SRI LANKA

28 dagar till sista nedsövandet, konstaterade Riya när vi steg upp. »Jag går till mitt rum och gör Lindas program, ska vi ses i cafeterian för morgonmål om en timme.« »Okey«, sa jag, va tusan är klockan?« »6.15 redan«, sa Riya, »sover du alltid så här länge på morgonen?« »Okey, om en timme, bruttan.« Efter att jag stigit upp frågade jag Linda, »vad hade du för program åt mig då, och var snäll med mig, jag är ju äldst.« »John, jag är den snällaste datorn på Quasitor, den enda också. Vi börjar med uppvärmning först …« Efter 30 minuters gymnastiserande kändes det riktigt bra, jag frågade Linda i duschen »Linda, har du all världens musik?« »Bara det som nån gång blivit inspelat eller som har funnits på internet, vad vill du höra?« Vi tar det om en stund«, svarade jag. Vi åt morgonmål i cafeterian, Ra och Mike kom och gjorde oss sällskap. »Va har du för oss i dag, kapten?« frågade Ra. Det att hon kallade mig kapten lät jag vara, chefen eller något liknande skulle ha låtit värre. »Vi ska jobba i grupper idag, jag vill att alla ska visualisera hur dom skulle se en ideal framtid.« »Och vad betyder det på normala människors språk?« frågade Ra. Mike gapskrattade »fan, ja visste att jag hittade en pärla när jag såg din ansökning.« »Jag menar med visualisering att ni berättar hur ni vill att er egen idealvärld skulle se ut.« Jag sade: »Linda, tar du mig på speakern så att alla kan höra mig var dom än befinner sig på skeppet.« »Du är

på speakern«, svarade Linda genast. Gomorron allihopa, eftersom ni är lite utspridda så tar jag det så här så ni alla hör mig. Klockan 9 kör vi igång med lite grupparbeten, temat är vår framtid. Jag berättar mera senare, som några vet så har jag en hobby i klassisk musik. Lyssna på följande sång och se om det väcker idéer. John Lennon heter sångaren, en visionär, och sången heter Imagine. Alla som satt i cafeterian var tysta som i kyrkan och lyssnade under hela sången. »Oj vad fint«, sa Riya. » »Vi ska bygga en perfekt värld«, sa Mike.-

Klockan 9 hade vi skickat ut dom återstående specialisterna så att alla fick en grupp att ta hand om. Linda hade mixat om deltagarna så att det inte skulle bli grupperingar efter nationaliteter eller religiös bakgrund. Jag ville att sådant tänkande inte skulle existera, klart jag inte skulle blanda mig i folks religiösa syn. Det var, var och ens ensak. Själv hade jag varit mera eller mindre ateist i hela mitt liv. Och nu när 12 miljarder människor dött på jorden på ett mycket plågsamt sätt, hade jag mycket svårt att förstå att det skulle finnas en god gud som stod och delade ut biljetter till himlen och till helvetet. I min syn skulle en sådan gud vara mycket sadistisk om inte pervers i sitt tankesätt. Men ibland avundades jag lite troende människor som kunde söka tröst i bön och liknande. Och att få kraft till sitt sinne var det ju inget fel på.- En annan sak var språket, alla deltagare pratade ju flytande engelska, men vi hade ju över 100 nationaliteter. Om vi tar som exempel dom 3 svenskarna som var med, skulle vi uppmuntra dom att lära sina barn svenska? Eller skulle dom prata både engelska och svenska. Synpunkter på dylika frågor ville jag att deltagarna skulle fundera på.- Jag hade inte tagit någon grupp åt mig själv utan surfade omkring bland grupperna och svarade på frågor och gav kanske mina synpunkter. Men entusiasmen i grupperna var fantastisk. En fråga som kom upp några gånger var om det skulle byggas en kyrka, moské, synagoga, tempel eller liknande. Jag sade att vi ska försöka bygga ett meditationsrum dit man kan gå och be eller bara umgås dom som ville. Men någon segregering skulle det inte bli eller några avgudningar, alla var vi samma människor. Där kunde judar, muslimer, olika kristna indelningar, buddister, hinduer eller vad det kunde vara, samlas och lugna ner sig. Nu hade vi möjligheten att göra sakerna på ett annat sätt. Jag skulle se det som ett skräckscenario om folk började gruppera sig efter sin religion och att en del av vår lilla by skulle vara indelad efter religiösa områden. Inget gott har följt efter det på jorden tidigare, för att inte tala om de miljontals människor som har fått sätta livet till p.g.a. att dom har olika syn på hur sista färden skall gå till. Men religiösa fundamentalister hade nog tagits bort i god tid i uttagningen redan.-

Jag gick och tittade hur Jose och dom andra kommit igång. Som jag gissade satt dom gruppvis inom sina specialområden, livligt skissande och pratande. En sak hade dom gemensamt, alla hade tillgång till Linda och använde henne flitigt. »Chefen, kom hit och titta«, hojtade Jose. »Vi har kanske hittat vårt nya hem«, skrattade Jose. Hela gruppen kom och tittade när Jose visade på skärmen, »Lake Bolgoda, största sjön i Sri Lanka, rinner ut i Indiska oceanen. Agrologerna funderar redan på första risskörden. Därifrån får vi sötvatten till alla våra behov. Det är mycket bebyggelse längs hela västkusten så det är nog inga problem att hitta byggmaterial. Vore en enkel lösning till en början, vi skulle relativt fort få igång infrastrukturen. Sanitetsgruppen har kommit en bra bit på gång också samt vägbyggarna. »Hur långt skulle det bli mellan våra byar?« frågade jag. »Bara 30 km, jag vet att du ville ha mera, men det kunde underlätta kontakten samt vi skulle kunna hjälpa varandra fortare. Dessutom går det en gammal järnväg längs hela kusten, tänk om vi kunde få igång den och fixa upp en handbil där vi kunde transportera gods mellan byarna fast med en sån handdriven transportvagn.« »Och det här har ni gjort på en timme?« frågade jag. »Ja«, svarade Jose leende. »Vad kan jag säga, fantastiskt jobbat, ikväll får ni presentera planerna för allihopa och så håller vi en liten fest efter det.« Vi applåderade alla varandra, och alla kastade sig över kartorna igen och fortsatte planera. Vilket gäng, vilket jävla gäng.-

Fest och fest, alkoholfri, men alla fick äta sig mätta på våra surrogat och drömma om vårt nya hem. Entusiasmen var smittande. Alla surrade på och minglade med varandra. Josh började med att visa upp sina planer och fick med jämna mellanrum avbryta p.g.a. applåder och jubel. Det var senare så alla pratade i mun på varandra av iver. Ra gick omkring och pratade om hon märkte att någon var lite utanför gemenskapen. Mike gjorde ungefär samma sak. Och lite som jag gissade så såg Mike och Ra ut att komma väldigt bra överens. »Hur länge tror du det går före dom meddelar att dom är tillsammans?« frågade Riya. »Om två timmar är dom tillsammans och i morgon meddelar dom det, är min gissning.« Riya som romantiker tippade på att dom är tillsammans om en vecka och meddelar det efter det. Men jag vann.-

Dagarna gick fort och alla törstade efter något att göra, många tränade förutom Lindas program på deras egna saker, vi hade ett välförsett gym och det var fullt hela tiden. Jag nöjde mig med Lindas program, litade på henne.

Dessutom ville jag ha lite mera tid med Riya varje dag, det var helt nytt för mig från mina tidigare förhållanden.-

Vidare hade jag bett alla läsa William Goldings bok »Flugornas herre«. Boken handlar om ett gäng pojkar i åldern 6–12 år som blir skeppsbrutna efter en flygkrasch. I början går allt bra, men sen börjar dom dela sig och det uppstår strider mellan dom forna vännerna. Det slutar med anarki och t.o.m. en liten pojke blir dödad av misstag. Det var inte min mening att »måla fan på väggen« utan mera att ge alla insikten att saker kan gå fel. Jag var nu övertygad om att min byrådspolitik skulle fungera i början, visserligen fanns risken att dom skulle ty sig för mycket till mig och Riya samt dom andra ledarna. Och visst var vi ju direkt beroende av deras expertis inom olika områden i början. Vi skulle också ta reda på allas intresse för vad som kunde intressera dom. Arbetskraft behövde vi ju, men ingen var tvingad till det men trodde nog att alla förstod att det låg i allas intresse att dra sitt strå till stacken. Funderade också på hur vi skulle hålla byråkratin borta. Trodde på att det bästa vore att inte ha några hemligheter, alla skulle veta precis hur mycket mat, foder, mediciner det skulle finnas till allas förfogande. Ingen skulle ha några privilegier, alla skulle hjälpa till och bygga husen i byn. Det var säkert det viktigaste att alla skulle ha ett eget hem. Enkelt och litet till en början, ville sen någon bygga ut så var det hans sak. Och hoppeligen skulle husen bli större efterhand om det gick som vi önskade och babyboomen skulle sätta igång. Jag var övertygad om att allt skulle lösa sig, blod, svett och tårar, visst, men hoppeligen också lyckliga tårar.-

Tiden gick fort och det var nu 8 dagar till nästa nedsövning, alla var naturligtvis nervösa med minnet av hur det gick med Susan Hallenberg. Alla följde Lindas instruktioner till pricka.- En morgon efter morgonmålet reste sig Mike upp och sa. »Hej, ja, jag ville bara berätta en nyhet, jag och Ra är tillsammans.« Sakari ropade »okey, och vad är nyheten?« Alla gapflabbade, men gav en stor applåd åt paret. Riya gick till Ra och kramade om henne, »ser du, alla tycker om dig.« »John, jag hoppas jag och Ra får komma i samma grupp.« »Vadå, det är ju bara 30 km mellan byarna, det springer du fort, självklart, kompis, och ni är båda i samma grupp med mig och Riya.« Mike kramade om mig så jag trodde revbenen skulle gå av. Linda spelade David Bowies Starman för Mike. Jag hade blivit nästan som en DJ, folk gillade min gamla klassiska smak. »He's a starman waiting in the sky ... », vrålade alla med i refrängen.

18 RESERVERNA

När det var bara några dagar kvar inträffade en lite överraskande incident. Jag satt i mitt rum med Riya, Mike och Ra. När en deltagare som jag mindes som en av dom som kommit med i sista sekunden, en av de så kallade reserverna, knackade på dörren. »Hej, förlåt att jag stör«, sade en ung man som hette Rocco Torro från Estland. Kom ihåg honom p.g.a. hans speciella namn. »Ja, vi reserver har samlats i cafeterian och skulle vilja prata med dig«, han nickade mot mig. »Ok, jag kommer om 5 minuter.« Jag anade mig till vad dom ville och sade: »Riya och Mike, vänta här, men Ra, får jag ta dig med mig?« »Klart det, kapten«, svarade hon. »Men Ra, om det passar för dig så kör jag lite hårt med dig i cafeterian. Klarar du av det?« frågade jag. »Du vet inte vad det betyder, kapten«, skrattade hon.-

Dom s.k. reserverna satt alla 40 i cafeterian. Rocco Torro tog till orda »ja vi har pratat om det här och vi känner oss lite utanför, jag menar vi tog ju platserna från folk som inte hann med när kriget startade. Nu känner vi oss kanske lite mindervärdiga mot dom som blev valda direkt och en viss skuldkänsla har vi också mot dom som blev kvar. Ja, nästan som att dom andra är i A-laget och vi i B.« Jag satt tyst en stund och stirrade dom i ögonen. Sen ställde jag mig upp. »B-laget hrrmpf. Linda, spela upp ansökan jag bad om tidigare.« Jag hade bett Linda spela upp Ras ansökan utan bild tidigare i rummet. »Tjenamoss i lingonskogen stofiler, jag kommer från Irland och har varit chippad i bara ett år. Jag har ingen utbildning att skryta med, men jag är bra på att överleva, jag har lärt mig läsa från kexpaket och siffrorna lärde en gubbe mig så att jag skulle veta hur många år gammalt innehållet var. Blir det problem med aliens eller annat rymdskit fixar jag det med min kniv. Jag har ingen aning om vart ni är på väg, men vill ni ha en lojal deltagare som klarar av vad som helst så tag mig med. Det var allt, hoppas nån läser meddelandet.« »Av alla tusentals sökande såg jag inte den här. Alla ansökningar var mycket formella och i stil som en arbetsintervju, det var egentligen ingen större skillnad på dem. Så alla som kom med hade turen med sig, inte dom som valdes med direkt, inte reserverna. Några hade otur och det var ju dom som inte hann med. Inget vi kunde göra åt saken. Vi hade bråttom och som vi vet så var vi ju nära att mista sista raketen. Så något B-lag existerar inte. Och i vilket lag skulle ni ha satt ansökan vi lyssnade just på?« En dam, Annabella Ross, amerikan, lyfte på handen, »C«, sade hon och dom flesta fnissade med. »Som jag sa, så såg jag aldrig ansökan, men Mike gjorde det som tur var, kan kvinnan med rösten resa sig upp.« Ra ställde sig upp »Ra« utbrast alla. »Förlåt Ra«, sa Annabella, jag menade inget.« »Det är lugnt, pysen«, svarade Ra. »Men det jag ville ha sagt tror jag kom fram, alla är precis lika viktiga. Och om nån har odelad mening om det så får dom komma och prata med mig om det. Och hjälper inte det så skickar jag Ra.« Uppskattande skratt och applåder, några kom och kramade Ra, bland annat Annabella. »Men eftersom ni är här så fortsätter jag lite. Vi har människor från många olika kulturer som är en av huvudsakerna i hela projektet, diversitet. Och nu mera än någonsin, kom ihåg att ingen är bättre än någon annan, ingen kultur eller religion är bättre eller den rätta. Det kan vara små nyansskillnader i religioner, men i det stora hela så går alla ut på samma sak. Jag har själv valt en fegare eller lättare väg genom att vara ateist. Men lika mycket respekterar jag det om nån vill vara religiös. Vi är alla olika, men som jag ser det så är det en enorm rikedom. Vi ska leva i fred i generationer så jag hoppas vi kan hitta en gemensam väg. Är vi överens om det?« Alla instämde, och jag gick med Ra tillbaka mot rummet, Ra tog mig i handen och skuttade bredvid mig som rödluvan igen. Jag tog några rödluvanskutt jag med.-

»Vi följde med diskussionen härifrån på skärmen«, sade Mike. »Jag är så stolt över dig«, sa Mike och gav en kyss på munnen åt Ra. »Ja, men kapten då, han satte dom på plats«, skrattade Ra. »Nå, nu var det inte frågan om något sånt utan bara ett enkelt exempel. Och också att visa att saker inte ska överfunderas eller att ibland är sakerna som dom är. Försäljare har ett talesätt »KISS«, keep it simple stupid.« Riya fortsatte »det har varit en lång väntetid, alla har hållits friska så vi är i tidtabellen, men i morgon är det vaccineringsdag som förebyggande om något av pandemin skulle finnas kvar, vilket jag inte tror. Orsaken till att vi tar vaccinet före nedsövandet är att egentligen står kroppen stilla under tiden, så den får verka ett par dagar här och ett par dagar när vi sovit.« »Vad händer om det kommer en ny epidemi?« undrade Ra. »Jag har svårt att tro det«, svarade Riya. Alla stora epidemier bryter för det mesta ut p.g.a. dålig hygien, kan bero på överbefolkning eller något liknande, och den risken har vi ju inte. Men det bästa vi kan göra är att få sanitetsproblemen i ordning fort. Sen finns det ju andra risker också, bland annat rabies, så vi måste vara försiktiga med djuren. Och om vi jagar något

kan vi ta tester på köttet före vi äter det, det finns trikiner
i grisar och vildsvin också. Men vi har under våra första
år en mycket bra uppsättning med mediciner samt olika
vacciner. Sen får vi hoppas vi kan tillverka mera i framti-
den. Jag har fullt förtroende att allt kommer att gå bra på
den sidan. Vidare hoppas jag att det ska födas en massa be-
bisar, kanske Mike och Ra börjar med det, skrattade Riya.«
»Tror kapten och bruttan hinner före, så mycket tid som ni
spenderar i rummet«, parerade Ra. »Ja, man vet ju aldrig
vad som händer, men under nedsövandet får ingen vara
gravid. Det skulle vara direkt farligt«, svarade Riya. »Men
hur trevligt vi än har det så blir det en bråd dag imorgon
också«, sade jag. »Och jag har lovat läsa en godnattsaga
för Riya ännu så vi får fortsätta imorgon.« »Kan du läsa en
godnattsaga åt mig också, Ra?« frågade Mike. »Det brukar
jag väl göra«, svarade Ra och blinkade med ögat.-

Efter frukosten satte läkarteamet igång med vaccine-
ringen, man såg hur rutinerade alla var. Det tog inte lång
tid innan alla hade ett skydd mot en hoppeligen redan ut-
död sjukdom. Men bättre fly än illa fäkta. Resten av dagen
tog vi det lugnt och pratade med deltagarna. Alla verkade
mycket lugnare än före den första nedsövningen. Alla frå-
gade frågor som ingen förstås hade rätt svar på, vi visste ju
inte hur världen skulle se ut. Själv gick jag och drömde om
att få färsk frukt, var upp över halsen färdig med all surro-
gatsmörja vi proppat i oss. Men man fick ju vara tacksam
för vad man fick. Men ananas, kokosmjölk, mango fick det
att vattnas kring munnen. »Vad sitter du och drömmer om
igen?« frågade Riya. »Färsk frukt«, svarade jag sannings-
enligt. »Inte så stora drömmar då, John.« »Vad drömmer
du om då, fru Carter, hur kan jag fullborda ditt liv?« »Ett
litet hus med havsutsikt, där vi kan bli gamla tillsammans

med vår dotter.« »Om vi stannat kvar på jorden skulle väl det varit näst intill omöjligt att lova, men ett hus med havsutsikt ska vi fixa och ödet får visa resten. Vi kan fast bygga en sommarstuga i djungeln med utsikt så vi kan titta på vilda elefanter och andra djur.« »Det låter härligt, John, har du funderat på djurlivet? Jag menar stammarna har ju antagligen blivit starkare även om djuren har sätt att hålla det i balans. Men det fanns ju många djurparker med främmande arter, tigrar, lejon, gorillor m.m, och om jag hade jobbat på en djurpark skulle jag ha släppt lös djuren sen när det begav sig. Och sen alla tamdjur, höns, grisar, åsnor, hästar, kor, det kan ju finnas vad som helst där.« »Egentligen inte, borde kanske prata med Sakari om saken om vi måste åta oss åtgärder där. Men han kan ju inte heller veta hur det ser ut. Men vi har ju vapen att skydda oss i fall det behövs. Och kanske måste vi ha något stängsel eller något som skyddar våra grödor också. Tror jag går och tar ett snack med Sakari meddetsamma och den där agronomen från Bangladesh med det där konstiga namnet.« »Du menar Jhumpa Banik«, skrattade Riya. »Hon var det ja«, skrattade jag.-

Sakari och Jhumpa hade redan planerat ut saken. Elstängsel, lättaste sättet. Lätt strömförande stängsel. Gav en liten ofarlig stöt, men tillräckligt för att djuren inte skulle ge sig på det. »Hur mycket har vi av det?« frågade jag. »För flera kilometer om vi drar ett varv bara, håller antilopdjur och sådana borta«, svarade Jhumpa Banik. »Men skulle en flock elefanter springa amok har vi inget som stoppar det«, svarade Sakari. »Men vi kan ju inte börja skjuta elefanter«, tyckte jag. »Det är nog sista alternativet, vi ska fundera, höga ljud kan skrämma bort dom, kanske eld också«, svarade Sakari. »Men fundera inte på det nu, du har fullt upp med annat. Vi får ta det som det kommer när vi först fått åkrarna utsatta. Ta oss ner på jorden, John, så fixar vi det här«, sade Jhumpa.-

»Ni har nog rätt, varför ska en som jag blanda mig i allt, jag menar ni kan ju sånt här.« »Normal nyfikenhet, kan jag tänka, och ju fler som är engagerade i projekten desto bättre, vi har massor av intresserade ynglingar på alla områden. Vi får ta dom som lärlingar och som behövlig arbetskraft. Jakt, fiske, jordbruk, med det får vi försörjningen säkrad. Och var det du som sade det, vi kommer till stenåldern med modern teknik. Vi har alla chanser att få en drömstart på livet«, sade Sakari. »Tror det var Riya som sade det, men det siktar vi på, tack ska ni ha«, avslutade jag.-

Senare smusslade vi med varsitt glas av min Chivas Regal, och satte oss vid en soffgrupp och satt tysta och såg ut genom fönstret med Riya. Allt var mörkt, och i oändligheten såg vi något som antagligen var stjärnor, solar, planeter, vem vet. Hur kunde det vara så. Hur kunde det vara så enormt. Och sen satt jag här och var lycklig. Tror Riya kände likadant när hon tog min hand i sin och lutade sig mot mig. För min del kunde livet ha fått stanna där och på denna plats. Men vi måste vidare, så var människan funtad, nyfiken, uppfinningsrik, och rastlös. Så hade det alltid varit och så skulle det väl också förbli.-

19 GODNATT IGEN

Dagen kom till slut, den som dom flesta väntat på, en del med lite rädsla och oro. Alla hade vi ju i minnet Susan Hallenbergs bortgång. Jag däremot försköt bort tanken att något liknande skulle ske igen. Visserligen hade vi ju oddsen lite emot oss då vi blivit förvarnade att en promille i snitt inte skulle vakna upp. Men hade på känn att vi skulle vinna över oddsen den här gången.-

Det hade redan uppstått en hel del par bland deltagarna, vilket gladde mig. Vi hade inte ännu gjort gruppindelningen av just den orsaken att vi inte visste riktigt vem som var med vem. Vem var intresserade av varandra osv. Visserligen skulle det ju bli betydligt lättare att hålla kontakten mellan grupperna då avståndet skulle bli bara omkring 30 km. Så någon katastrof skulle det ju inte bli fast någon ofrivilligt skulle hamna i fel grupp. Men efter uppvakningen måste vi med Lindas hjälp reda upp det.-

Vi beslöt att inte dra ut på nedsövningen, ju längre folk skulle springa omkring sysslolösa, desto oroligare skulle dom bli. Vi körde med samma taktik som sist. Specialisterna fick en grupp som Linda valt ut på skärmen, men den här gången skippade vi den »lugnande« drycken då alla nog förstått att den inte hade någon effekt. Allt gick som smort igen, »vi syns snart«, var det vanligaste deltagarna hojtade åt varandra när dom lade sig i kapseln.-

Till slut stod jag där med Riya igen och såg över »kapselhallen«, och hoppades att allas sömn skulle sluta lyckligt. »Det känns så vemodigt igen, Riya, fast jag vet att det känns som om det går fortare än när jag väntar på att du skall få tänderna borstade på kvällen.« »Jag vet, jag har ledsamt fast jag står här bredvid dig och kommer att se dig om ett ögonblick igen.« Vi kramade om varandra hårt, kysste varandra och bestämde att det är lika bra att få det undanstökat. Det snurrade tankar i huvudet om vad som skulle hända om Riya inte skulle vakna. Försökte skjuta bort dom tankarna. Vet inte hur jag skulle klara situationen utan henne. Tror Riya gick lite i samma tankebanor, för hennes ögon glänste som om hon var nära att fälla en tår. »Nu går vi, vi syns snart«, jag gav Riya en sista puss och lade mig i kapseln. Luckan stängdes fort.-

»God morgon, älskling.« Jag log brett mot henne, »det var det skönaste jag hört i hela mitt liv.« Jag satte mig upp i kapseln och svepte samma dryck som tidigare. Inte för att jag hade någon huvudvärk den här gången. Eller kanske euforin sköt undan den. »Ja jävlar, Riya, 400 år har vi sovit under resan och du är vackrare än någonsin.« »Förmånen med att vakna först, man hinner piffa upp sig i lugn och ro«, skrattade Riya. »Gå och duscha i lugn och ro så börjar jag väcka upp folk. Vi har livstecken från alla kapslar.« »Härligt, jag kommer snart och hjälper dig.« »Rummet såg ut exakt som för 200 år sedan. »Hej Linda, har du saknat mig?« »Jag vet hur jag ska svara om det är det du menar.« »Det menar jag«, skrattade jag.« »Angenämt att ha dig tillbaka, John.« »Trevligt att höra dig också, men nu får du jobb, dusch 37 grader.« Vattnet kom omedelbart. »Ska vi lyssna på musik, Linda?« »Vad vill du höra?« »Wunderbar, med Ten pole tudor,« och skruva upp volymen. Ljudet dånade i duschen och jag vrålade med i refrängen »Wunderbar, Wunderbar« och det var så det kändes, livet var för perfekt nu. Bäst att bara njuta, och duschen skulle jag säkert komma att sakna. Riya hade redan väckt upp ett 20-tal människor och takten skulle öka när flera skulle komma från duschen och hjälpa till att dela ut drycker. »Wunderbar, wunderbar«, sjöng Riya och skrattade. Förstod att jag vrålat lite högt i duschen och ursäktade mig. Riya bara skrattade, »du skulle ha hört mig då.« »Vad sjöng du då?« frågade jag samtidigt som jag räckte ut en dryck åt en deltagare. »Det berättar jag inte.« »Vadå, jag berättade ju.« »Nej, jag hörde dig, stor skillnad på det.« »Fusk, tycker jag, nästa gång ska jag väckas först.« »Det blir ingen nästa gång«, svarade Riya. »Skönt att ha det över, allt gick ju inte enligt planerna, men jag känner att vi gjorde rätt val.« »Du har gjort allt perfekt, John, allt.«-

Vi lät alla ta igen sig lite och komma för surrogatmaten som nu var 200 år äldre men smakade likadant, »ananasen« snurrade i mitt huvud igen. Nå ett par dagar här och sen med skyttlarna ner på jorden. Det var mycket att förbereda, men som tur var fanns ju Linda. Det var jag som bestämde vem som fick använda den. Riya hade jag gett full användningsrätt och hon kunde delegera Linda till vem hon ville. Men ibland hade alla rätt att använda Linda samtidigt, kapaciteten hade hon, det var inget problem.-

Vi satte oss med Riya, Mike, Ra, Jose, Sakari och Yong och funderade på listorna. Vi kom till att i grupp ett med mig, Riya, Mike och Ra skulle det vara 392 kvinnor och 390 män. I grupp två, ledd av Jose, Sakari och Yong skulle det vara 391 kvinnor och 389 män. Jag bad dem fundera ut, att fördelningen av specialisterna skulle bli så jämn som möjligt. Den var betydligt knepigare att göra så att könsfördelningen skulle bli jämn. Det kunde gå så att någon fick lite mera sjukvårdspersonal och den andra flera agrologer. Men ändå så att det räckte bra till båda grupperna. Vi beslöt sen att Linda skulle göra gruppindelningen på skärmen, hon visste ju också via chipet vem som höll ihop och så vidare. Och till exempel att sätta dom 4 japanska deltagarna i olika grupper och liknande hade vi ingen tanke på. Sen fick dom under dagens lopp byta platser bara det gick jämnt ut i könsfördelningen. Under dagens lopp fick vi grupperna klara och alla verkade nöjda. Det var mycket spända och förväntansfulla människor man mötte var man är rörde sig. Banil Mandara som var från Sri Lanka var den som blev mest uppassad av frågor. Jag bad honom att berätta lite om vad vi hade att vänta när vi kom fram. »Ja hej, jag heter Banil Mandara och är alltså från Sri lanka. I själva verket ligger inte universitetet jag studerade på inte långt från vart vi ska. Jag är hemma från Jaffna som ligger i norra Sri Lanka. Det är ju februari nu så det är mycket varmt, eller det är det ju hela tiden. Ni behöver nog aldrig mera frysa, mellan 25 och 33 grader Celsius året om. I april börjar det regna, så då måste vi ha tak på huvudet, april till juni regn och september till november regn. Största faran i Sri Lanka är solen, skydda huvudet när ni är ute, och ni bränner er också lätt. Sen har ju djungeln tagit över kan jag tänka mig, det kommer ju att finnas många byggnader men gå inte in i dom. Och rör er ej ensamma. Gatuhundar var tidigare ett problem i Colombo och kan ju ha förökat sig, dom kan vara mycket aggressiva när dom skyddar sina revir. Ifall inte tigrarna har ätit upp dom.« Det hördes ett sus i publiken. »Det finns egentligen inga tigrar i Sri Lanka, eller fanns förut bara i djurparkerna och kanske hos privata människor. Men nu vet vi ju inte vad som hände med djuren i djurparkerna, avlivades dom eller släpptes dom lösa, klarade dom sig i en ny miljö osv. Leoparder fanns det vilda i en mycket liten mängd. Men alla kattdjur är skygga för människor, och dom lämnar oss nog i fred om vi inte stör dom. Vilda elefanter finns det en hel del samt tama också så dom kan nog bli till besvär också.« »Hur är det med ormar?« frågades. »Ormar finns det en hel del, men ormar är egentligen ofarliga om dom har en chans att fly, så gör dom det. Dom flesta som blev bitna av ormar var dom som konfronterade sig med dom. Så lämna dom ifred så stör dom inte er. Det var inte meningen att skrämma upp er, Sri Lanka är ett fantastiskt land, världens bästa klimat, bördigt, stränder ni bara kunnat drömma om. Vi kommer att få ett härligt liv tillsammans. Tack för mig.« Banil fick rungande applåder, och uppvaktades fortsättningsvis under hela dagen. Och tålmodigt svarade han på allas frågor. En härlig kille.-

Jag fick en chans att sitta ner med Ra när hon tog en liten paus i sina uppgifter. Hade hon inga så såg hon till att hjälpa där hon kunde. »Hur går det, Ra?« »Full fjong, kapten, full fjong.« »Det var det jag tänkte prata om lite.« »Är det nåt problem«, frågade hon genast. »Nej, tvärtom Ra, vi älskar dig alla som du är. Jag vill bara inte att du bränner ut dig. Du behöver inte bevisa något, du har gjort mera än nog. Jag vet att du har svårt att lita på folk, jag menar du litar väl på mig och Riya och Mike förstås. Men försök hitta kompisar åt dig också. Jag tror du här kommer att märka att världen inte är så ond. Och tro mig, jag har sett mycket ondska i mitt liv inom fångvården. Men innerst inne tror jag på människans godhet, det måste bara vara så.« »Förlåt«, sa Ra, »men efter mitt vaktjobb så är det här det enda jobbet jag haft. Och som vakt var mitt jobb att klubba ner människor tillsammans med dom andra vakterna, alla som inte var chippade som försökte storma in i butiken klubbade vi ner. Det var tack vare det jag fick chipet till slut så att inte jag skulle bli nedklubbad av misstag. Jag var väl bra på det eftersom jag fick det«, skrattade hon. »Som lön fick vi mat som blivit gammal i butiken och inte kunde säljas åt dom chippade.« »Kom ihåg att nere på jorden är vi alla bara deltagare, vi är alla likvärdiga. Och om alla hjälper varandra så kommer vi att få ett bra liv. I morgon är vi i Sri Lanka, Ra.« »Kan du lära mig simma, kapten?« »Det ska jag göra, jag lovar,« skrattade jag. »Du är så jävla bäst, kapten«, sa Ra och gav mig en stor kram.

20 BENTOTA BALAPITIYA

Efter noggranna studier med agrologerna, fiskarna och jägarna hade dom kommit till följande resultat med Lindas hjälp. Det var Yong som presenterade planeringen för specialisterna och alla som ville höra. Och det betydde alla ombord. Så hon fick ta det på speakern så alla kunde höra på skärmarna, som inte rymdes i cafeterian. »Ja hej«, började Yong. »Vi har nu funderat på det här noga och med Lindas hjälp har vi kommit till följande. Platserna blir Bentota som ligger på västkusten, har mycket fina kilometerlånga sandstränder. Men det viktigaste ändå, fast stranden är viktig också, är det att vi har tillgång till Lake Balgoda för sötvatten både för oss själva samt för odlingarna. Den andra platsen heter Balapitiya och ligger vid Migettuwaththa beach och där har vi tillgång till sötvatten från Madu River. För att förenkla namnen har vi kallat dom för Bentota och Madu, annars kan bara Banil uttala dom. Och som ni vet så har skyttlarna bara en chans att landa, när vi väl är nere så ligger den där för gott. Skyttlarna fungerar som sjukhus och vi kan också övernatta där till en början om djungeln skrämmer er. Låter det bra?« Applåderna gav svar på den saken. Jag sade, »stanna kvar där uppe så folk får ställa lite frågor.« »Hej, Nina heter jag, jag undrar hur långt det blir mellan ställena, och har vi chans att träffa varandra?« Gick inte att missta, hon var italienare. Yong svarade, »med Johns välsignelse fick vi lov att vara nära varandra, fågelvägen säkert inte mera än 10 km. Men vi får inte glömma att det kan vara ganska igenvuxet. Men jag tror att vi med allas hjälp ganska fort får en djungelväg färdig. Så säkert kan vi ha ett beachparty inom ganska nära framtid.« Jag bad om ordet. »400 år är en väldigt lång tid, men jag tror och hoppas att vi kommer att komma till ett tropiskt paradis som vi med vår gemensamma vilja får att fungera perfekt. Vi hjälper alla varandra, samt förstår att allt vi gör är för vårt eget bästa. Mitt hopp är att vi får andas ren luft, simma i turkosblått vatten, få familjer där alla hjälper varandra. Ingen har finare bil, mera pengar, bättre kläder, mera mat. Nu är det bara vi, och vi är inte många, och vi är dom sista. Men nu har vi förberedelser så vi måste hålla det kort, i morgon bitti ska vi ner till jorden.«-

Grupperingen började bli klar, några ville byta plats och det lyckades då det uppfyllde könskvoten. Grupp 1 valde vi att skulle till Bentota och grupp 2 till Madu. Dom ganska stora skyttlarna hade vi sett över och konstaterat att det i alla fall fanns gott om plats nu när vi hade två till förfogande. Vi började tömma Quasitor med sånt som kunde behövas, all surrogatproviant bland annat. Jag hoppades jag skulle få min ananas snart och inte behöva röra den förbannade smörjan mer. Fast Quasitor skulle bli kvar i jordens omloppsbana så kunde det nog ta tusentals år före Linda skulle få besök igen. Nästan så man tyckte synd om henne, så viktig hade hon blivit för oss. Insåg att världen jag försökte bygga upp påminde mycket om filosofen John Lennons tänkande. På hans tid fanns ingen möjlighet till det så det var nog bara en dröm för hans del, hippietiden pratade man om. Man skramlade med kärnvapen på den tiden och skrämdes med dom, men dom blev onödiga då man installerade laserkanonerna i rymden som kunde förgöra dom någon sekund efter avfärd. Så om något land hade försökt sig på det skulle man bara ha skärt av foten på sig själv då dom skulle ha detonerat på egen mark. Så dom demolerades med tiden. Efter det fanns det mera kapacitet att utveckla kärnkraftstekniken, både inom energiförsörjning och rymdteknik. Allt såg ju ganska bra ut en tid i den civiliserade världen. Åtminstone för dom chippade och dom hade nog lappar framför ögonen och knäck i lurarna. Man fortsatte med att stöda dom fattiga länderna med mat och pengar som kom i fel händer. Och sen tog det ju inte länge före massorna från syd satte sig i rörelse. Eliten levde i sin egen bubbla och klarade inte av invasionen. Så här var vi nu, elitsnobbarna och Ra.-

Jag låg i sängen med Riya och pratade. »Svårt att tro att det är sista kvällen för oss i rymden och när kommer nästa människa att komma hit, tror du det kommer att hända nån gång, John?« »Det tror jag, människan är nyfiken av naturen och uppfinningsrik. Men det kommer inte att hända under vår livstid, men kanske vår dotter blir astronaut nån gång, vem vet?« »Hon blir inte astronaut, hon blir pärldykare så hon kan hämta fina pärlor åt mamma«, svarade Riya. »Gillar när du säger Mamma, vill du bli det?« »Det vill väl alla kvinnor, men först vill jag ha huset med havsutsikt som du lovade.« »Men vi kan ju träna före det i varje fall«, svarade jag. »Lite träning skadar aldrig«, skrattade Riya.-

Linda hade gjort avgångstiderna klara. Grupp 2 skulle iväg 09.45 och grupp 1 bara 15 minuter senare. Craig sade tidigare att han går i djupet med det sjunkande skeppet som man gjorde förr i tiden. Kanske var det därför Linda valt att grupp ett startade senare. Hur som helst, 15 minuter hade ingen betydelse i det hela. Riya hade insisterat att alla skulle städa sina rum perfekt. Antagligen en vana hon hade från sin militärtid. Riya förklarade också saken så att det är en bit historia vi lämnar efter oss. Det vore säkert trevligare när det nästa gång kommer till Quasitor om några tusen år att se att deras förfäder var prydliga människor. Men alla törstade efter att ha något att göra så det passade bra in också. Vidare ville Riya att alla skulle skriva en välkomsthälsning samt skriva sitt namn. En fin gest tyckte jag, jag skrev. »På Quasitor bodde jag 400 år, av vilket jag sov allt utom en månad. Ta väl hand om Linda och be henne berätta om mig. Flyg gott, hälsningar John Carter.« Vi var alla samlade när grupp 1 tågade i god ordning i skytteln. Allt var datorstyrt och igen utlämnade vi oss helt i teknikens öde. Men så hade vi gjort hittills också och allt hade fungerat perfekt så fortsättningsvis måste vi lita på det. Vad hade vi för val om något gick snett? Ingen hade någon utbildning inom rymdteknik. Ra tyckte att hon tar i spakarna om det blir något problem. Och det tvivlade jag inte en sekund på.-

Vi hade inte tid att ta farväl desto mera mellan grupperna då det redan var vår tur att tåga in i skytteln. Grisarna hade vi lastat redan tidigare, ungefär 8 % av dom hade inte klarat av nedsövningen och hade utan ceremonier skickats ut på äventyr i rymden. Undrade vad någon civilisation skulle säga om dom mötte våra döda grisar flygandes i rymden. Dom överlevande såg pigga och krya ut och hade gått nyfiket in i sina bås som var avskilda från oss. Dom hade sen bundits fast p.g.a. gravitation och annat. Men dom var tåliga djur och skulle nog klara av resan.

Dom tusentals fertiliserade hönsäggen var förstås med. Djurskyddden var det första vi måste få upp, men där hade våra specialister redan klara planer. Relativt nära oss måste dom vara så vi kunde skydda dom mot till exempel vilda djur. Vi satt fastspända i skytteln och hörde dånet från den första när den satte iväg. Vi satt och höll varandra i handen med Riya och såg att Mike och Ra gjorde likadant. Samt glädjande många andra. Spända ansiktsuttryck överallt, men om allt gick väl kunde det hända att vi alla simmade i Indiska oceanen om någon timme. »Hur tror du det ser ut därnere?« frågade Riya. »Din gissning är säkert lika bra som min, igenvuxet, varmt, och vi måste ta det mycket försiktigt till en början.« »Det som oroar mig mest när vi är nära sötvatten är myggorna. Malarian har vi botemedel mot som tur är, men dengue, gula febern, Zika-virus med mera. måste vi se upp med. Alla måste använda myggme-del på kvällarna, men alla är välinformerade, så jag tror vi klarar det.« »Skönt att ha en fru som är läkare«, svarade jag.-

Sen hörde vi hur vi kopplades loss och motorerna satte igång. Fan va hjälplös man kände sig »here am i sitting in a tin can«, nynnade jag på David Bowies Space oddity. Och det var precis så jag kände mig. Efter en bumpig färd med mycket G-krafter igen började det lätta och alla tittade ut genom fönstren. Men ännu var det för tidigt att se ner på jorden, vita moln skilde oss åt ännu. Sen helt plötsligt försvann molnen och vi såg jorden, vi jublade alla och tittade ivrigt för att kunna se bättre. »Vi är ovanför Indien, mitt hem«, ropade Riya. Alla jublade och applåderade, vi flög över södra Indien mot Sri Lanka. »När vi ser havet är vi nära«, Riya skakade och jag såg att hon var förvän-tansfull, glad och spänd. »Oh John«, sa hon och kysste mig. Skärmen visade att vi flög över ett ställe på Indiens västkust som hette Pattanamarudur, nu kunde vi tydligt se stranden, palmer och sand. Hann inte se några byggnader då vi redan var ute över havet, turkosblått som jag hade hoppats. Men inget liv inga båtar, skärmen visade att vi skulle landa om 20 minuter i Bentota, skytteln skulle snurra runt en stund och försöka hitta en tillräckligt platt plats där vi kunde gå ner. Igen inget vi kunde göra åt saken, allt gick på automatik. Kanske det skulle vara sista gången för oss alla när vi vore helt hjälplösa. Vi var nu mycket nära att gå ner, vi fick en glimt av stranden som såg oändlig ut, men vi var för uppspelta för att ta någon större notis om det. Skytteln rörde sig knappt mera, vi rörde oss nu sakta neråt och plötsligt var vi nere. Samtidigt tystnade motorerna. Jag sade via högtalarna »välkomna hem«, jublet ville inte få ett slut, folk hoppade och tjöt och kramade om varandra. »Ni får gärna sitta kvar om ni vill, men jag tänkte gå och ta mig ett dopp i havet, nån som hänger med?« »Jaaaa«, var svaret. Jag stannade ändå kvar och lät dom andra rusa iväg, inget skulle ha stoppat dem. »Nu bort med porrkallingarna«, sa Riya. Och sträckte fram en t-shirt, shorts och solbrillor från min personliga packning. »Härligt«, svarade jag. »Lämna dom här och gå ner på stranden med dom andra. Jag måste ta kontakt med Jose och se att allt är bra. Jose svarade genast, »Hej, allt bra här, landningen gick bra och alla rusade till stranden, enda problemet är en stor flock med apor, säkert 200. Sakari har skjutit dom aggressivaste, dom har dragit sig tillbaka nu. Hoppas dom förstod att hålla sig på avstånd. Men ingen blev biten, ni då?« »Har inte hunnit ut ännu, men alla andra rusade här också till stranden. Men resan och landningen gick bra. Hoppas man får andas ut en stund, men det är väl en önskedröm.« »Ja, här spikas det för fullt ett skydd för grisarna, full rulle.« »Skönt att höra att allt gick bra, vi tar kontakt lite senare, ska gå och ta mig en titt på nya hemmet.« Klädde fort om och började se ut som en riktig strandturist. Steg ut från skytteln och bad via chipet att porten skulle stängas. Kändes som en våt disktrasa skulle ha kastats i ansiktet, fuktigt och varmt. På 300 meters avstånd såg jag hur deltagarna plaskade omkring i vattnet. Runt omkring mig hörde jag bara insekter och fåglar, massvis av fåglar. Men inga apor i siktet. Plötsligt stelnade jag till, en enorm vattenbuffel stod och stirrade på 50 meters avstånd. Vågade inte röra mig, fan i helvete. Kände mig inte alls som Tarzan mer, hade hört att dom kunde vara farliga om dom var hotade. Hade lust att springa ut till stranden, men visste inte hur den skulle reagera. Men hur skulle jag varna gruppen om jag gick tillbaka i skytteln. Bad om att porten skulle öppnas i varje fall och gick sakta närmare den. Tänkte att om jag skriker och hojtar att den skulle dra sig undan, men för nära kunde jag ju inte gå. Jag skrek och viftade med armarna och tog ett par steg emot den. Den vände sig långsamt och gick in i växtligheten. Kanske jag hade några Tarzangener i varje fall. Tog mod till mig och gick i rask takt mot dom andra, hela tiden sneglande bakåt.-

Väl nere vid stranden gick jag till en jägare, Jack Barker ville jag minnas att han hette, engelsman. Jag berättade vad jag sett. »Jag ska ta ett par av jaktteamet med och titta vad det var, troligen en vattenbuffel som härstammar från dom tama djuren. Det fanns nån gång en vild vattenbuffelras, men tror den blev utrotad. Men dom här tama har man använt inom jordbruk i årtusenden, dom är ju förvildade nu, men kanske man kunde fånga några och tämja dom«, funderade Jack. »Säkert bra idé, men vi tar det lite piano till en början, men bra att sondera terrängen och se vad vi har här«, svarade jag. »Nu ska jag ta ett dopp.« Såg Riya, Mike och Ra stå till midjan i vattnet. Sprang fram till dom, vattnet kändes fantastiskt och var kristallklart. Tog Riya runt midjan med ena armen. »Hur hade dom det i Madu?« frågade Mike. »Det var väl bra, dom flesta var och simmade. Dom hade först lite problem med aggressiva apor, en flock på ett par hundra, och dom hade skjutit dom aggressivaste. Dom hade dragit sig undan, hoppas dom förstår att hålla lite distans. Vi tränger ju in på deras område, men nu har vi ju inte mycket val. Vi får lära oss att leva i samklang med djuren. Vattenbufflar har vi däremot nära inpå. Jack med hjälp skulle gå och kolla läget.« Riya sade »det var ju en spännande början.« Ingen panik, ni har ju Tarzan här«, sa jag och slog mig på bröstet. »Och Ra«, sa Mike. Och blev genast omkullfälld i vattnet av Ra.-

21 RÖJNING

Efter en timme eller så av avkoppling kunde man ana att alla ville börja med något meningsfyllt. Det började samlas folk runtomkring mig och Riya där vi satt i skuggan av en palm. »Börjar ni bli sugna på att hugga i?« frågade jag. Alla nickade ivrigt, »jag lovar att alla får jobba hur mycket dom vill, men också låta bli om det känns så. Men allt vi gör vi här, gör vi för varandra. Vi tänkte så här, det akutaste nu är att få upp skydd för natten och Jack här har erfarenhet av det. Så var så goda dom som vill bygga vindskydd samt skaffa material för det, följ Jack. En stor grupp följde med. Sen behöver vi förnödenheter från skytteln så några dit och hämta lite mat och elddon och sånt.« Ra lovade fixa det, »men var försiktig om ni ser vattenbufflarna jag såg. Antagligen drar dom sig tillbaka, men man vet aldrig. Mike behöver några för att fixa 'utedasset', och ta det en bit ifrån, tack. Så några starka personer med som vill svettas och gräva. Sen behöver vi massor med hjälp till agrologerna, samt vägbyggarna. Som ni ser har vi full djungel här som ska röjas, så att vi får lite utrymme att röra oss på förutom stranden. Jack kanske behöver takmaterial till vindskydden, det finns ju förfallna byggnader hur mycket som helst men gå inte in i dom. Vi har hela livet på oss att undersöka dom. Nu vill vi ha mat och ett ställe att sova på fort. Om nån vill så går det att sova på den golvyta som finns i skytteln. Men helst skulle vi se att läkarna får bygga upp sin klinik där. Verktyg som spadar, macheten, knivar och vad som kan behövas finns i skytteln.« Alla började röra på sig, nästan småspringa för att få börja jobba. Det såg lovande ut. »Jag går till skytteln, kan tänka mig att det inte tar länge före vi har patienter där med sår och blåsor i händerna.« Jag såg att Riya var tänd på att bygga sin lilla klinik samt börja sköta om människor.- Jag hörde att dom fått igång vår eldrivna traktor och gick och tittade vad dom höll på med. Jag såg att dom var ett par hundra meter söderut en bit in i växtligheten med traktorn och dom andra hade samlats runt den. »Vi har en present åt dig, John«, hojtade den kvinnliga grävmaskinschauffören. Hon sträckte ut en liten ananas åt mig, »Oj, det här har jag drömt om, men är den mogen? Den är ju ganska liten.« »Det är en mindre art, mycket sötare och saftigare, vi har redan ätit några. Det finns massor där inne.« Mike plockade fram en mycket bekant jaktkniv och skar av den på längden så det blev fyra klyftor. Jag tog tacksamt emot en klyfta och högg tänderna i den, obeskrivligt gott var det. Det bara rann saft på kinderna. »Tack ska ni ha, det bästa jag ätit i mitt liv. Plocka så vi har till kvällsmålet, ananas med surrogat kanske inte är så tokigt. Hur hade ni tänkt med dasset?« frågade jag. »Hur skulle det vara med vattenklosett?« frågade Banil leende som vanligt. »Hur tänkte du då?« »Vi hittade en sidobäck från floden, Susan i grävmaskinen sa att hon antagligen kan leda vattnet hit så det rinner under dig där du sitter och gör dina behov, sen gräver vi så det rinner ut i havet en bra bit söderut. Där tar havsströmmarna över. »Det är ju genialiskt, det här var en grej jag funderade på. Kunde ju annars bli ganska obehagligt i den här värmen.« Det hördes några skott och jag lämnade gruppen och gick mot riktningen där jag hörde dom. Jag såg jägarna släpa på något när jag närmade mig dom. »Hej«, sa Jack. Vi fällde fyra vildsvin, finns gott om dom här. En veterinär är på väg hit för att kolla att köttet är ätbart. Vi slaktar dom här och gräver ner inälvorna, vi måste tappa blodet på dom fort och preparera dom. Sen börjar vi ganska fort tillverka dom så köttet inte förstörs i värmen.« »Ja jäklar, grillfest på stranden, ananas blir det också«, skrattade jag. Gick en bit mot skytteln när jag såg hur säkert 100 deltagare slog sig fram mellan något som varit en väg nån gång. Dom första med macheten som avlöste varandra med några minuters mellanrum. Sen efter dom flera som slängde bråtet i högar på sidorna. Man kunde redan se bitar av den gamla asfalten under växtligheten som inte förstörts ännu. Det hade hänt mycket på ett par timmar, så jag tänkte jag går en sväng och ser hur kliniken ser ut. Det var en hel del av vägbyggarna där som var och blev omplåstrade för smärre sår från växtligheten. En ung dam hade huggit sig ganska illa i foten och jag såg hur Riya med vana fingrar satte några stygn och förband det. En kille låg på golvet med en ispåse på huvudet, för mycket sol säkert. När solpanelerna efter något år skulle säga upp kontraktet kunde vi bara drömma om is. Hur skulle vi förklara för våra barn vad is var? Ett barn som skulle växa upp i tropikerna. Hörde nästan frågorna framför mig, »Pappa, vad är is? Vad är fryser? Vad är kallt? Men hoppades på att vårt kunniga team skulle lösa frågan. Vi hade bara varit här några timmar och snart skulle vi ha en vattenklosett, sjukhuset fungerade som smort, grillfest på stranden, vi hade kommit iväg en bit på vägen också och skulle inte bli förvånad om åkerarbetet skulle vara en bit på väg också. Vinkade åt Riya att jag går vidare, ville inte störa henne mera. Hundra meter från skytteln hörde jag grymtningar och gick ditåt, grisarna hade fått en fin start i Bentota. Jhumpa förklarade för mig, »vi hittade ett gammalt hus här och slog ut ena väggen så grisarna kan ha det som fodringsställe och få skydd mot sol och regn. Vi har elstängsel runt så rör inte det, grisarna lärde sig fort. Men området är nästan 100 meter brett och 150 meter långt så dom har gott om plats och ser ut att stortrivas. Och om du tittar dit åt så sår dom majs som bäst.« »Va, det är ju helt sjukt«, sa jag. »Börjar få klart att jag som ledare inte har någon som helst roll mera, allt blir ju klart på nolltid och jag går och väntar på grillfest och ananas.« »Du är nog alltid en ledare i våra ögon, för alla oss här. Oberoende av vad du gör.« Jag gick och tittade på agrologerna. Dom hade rensat upp ett område stort som en fotbollsplan. Dom var ett par hundra personer sammanlagt som hade vält marken och grävt ett dike från floden varifrån man kunde leda vatten till åkern. Och som Jumpha sa, där gick dom och sådde frön redan. Pratade med en ung kille som jag kände igen som killen från Finland som tog igen sig lite och hade satt sig på en sten. »Hej Joni, hur känner du dig? Det har hänt en hel del idag.« »Ända sen projektet började känns det som jag kommit hem, helt fantastiskt. Alla människor med olika bakgrund, det här stället. Känns som en trygghet när alla är så villiga att hjälpa till med allt. Vi ska få det här att fungera, kapten.« Orkade inte rätta till det igen, kapten hade jag tydligen ofrivilligt blivit så jag fick väl nöja mig med det. Så länge Riya kallade mig John. »Jag känner precis likadant, Joni, men slit inte ut dig.« »Vi har nåt vi kallar sisu i Finland, det är nån slags eufori som kommer fram när tiderna är tuffa och vi får ta ut allt ur kroppen. »Sisu«, svarade jag. »Jag ska komma ihåg det.«-

Det blev en otrolig första kväll på stranden. Fyra vildsvin på spets, vi hade ananas och mango dom hittat. Alla fick äta sig mätta. Det var en lång rad med vindskydd längs stranden, verkade som om alla ville sova ute första natten. Utanför vindskydden hade många tänt eldar och satt i grupper och pratade. Vår vindskyddsrad var säkert 150–200 meter lång. Jag gick med Riya hand i hand fram och tillbaka och pratade med deltagarna. Dagen hade varit produktiv på många sätt, det skulle komma att ske stora framsteg dom närmaste dagarna, gissade jag. På avstånd hörde vi hundar, Jack föreslog att vi skulle skaffa egna hundar. Kanske fånga några dräktiga tikar och tämja dom. Hundarna skulle skydda oss, dom är ju mycket revirmedvetna. Tyckte det lät bra och gav grönt ljus för det. Så skulle vi bli av med matresterna också. Ikväll skulle hundarna ha fått ett skrovmål på ben och det som blev över av vildsvinen.-

Det kom en grupp på 20 personer och frågade om dom skulle få göra en dagsutflykt till Madu och se hur dom har det. Jag tyckte det lät som en bra idé, men skulle nog kräva att dom tar ett tält med sig, och övernattar där en dag eller två. Det var ungefär 15 km att gå om man följde stranden. Men jag krävde att dom måste ta en jägare med sig som skydd mot eventuella aggressiva djur på vägen. Vidare skulle en sjukvårdare komma med ifall nån blev ormbiten. Sen universalserumet kommit på marknaden hade dödsfallen av ormbett sjunkit drastiskt, men det krävde ju att man hade det inom räckhåll. »Men får ni en jägare och en sjukvårdare övertalad så får ni gärna gå ut och motionera. Det blir ungefär 15 km att gå, så det blir till att starta tidigt när det inte är så varmt. Men jag tar kontakt med Jose före det blir av. Men närmaste dagarna skulle vara bra om ni var här ännu så vi får lite mera röjt, alla händer behövs på däck.« På däck, fan också, det borde jag inte ha sagt. Riya kontrade direkt »ajaj, kapten John.«- Vi delade vindskydd med Ra och Mike, vi låg och småpratade och tittade på stjärnhimlen och tänkte på Linda och Quasitor. »Tror ni Linda har känslor?« undrade Ra. »Hon var väl inte programmerad så att hon hade artificiell intelligens förstod jag«, sa Mike. »Men ibland kändes det nog som om hon visste precis vad du skulle fråga eller vart hon skulle föra samtalet.« »Första gången Riya och jag sov tillsammans bad jag henne spela klassisk musik och hon valde Linda Ronstadts sång 'It's so easy to fall in love',« fortsatte jag. »Det var väl gulligt«, skrattade Ra. Märkte att Riya hade somnat på mitt bröst och flyttade på henne och sa godnatt. »Godnatt, kapten och tack för idag«, svarade Mike. Jag lade min arm över Riya och somnade nästan omedelbart, leende.-

22 EN MÅNAD SENARE

Det hade hänt mycket under de senaste 30 dagarna. Vi hade röjt inne i byn och det började se ut som en liten by. Vi hade röjt fram husen också i ett större område. Dom var ju förstås totalt igenvuxna och mycket svåråtkomliga. Taken var för det mesta hoprasade, vi tömde dem på allt bråte och lämnade kvar väggarna som dom var och lät byggteamet undersöka om man kunde bygga på dem eller om dom skulle raseras. Vi började ha en ansenlig mängd med tegelstenar som vi ordnade på en öppen plats för vidareanvändning. Men också takplåtar som inte helt rostat sönder samlade vi, ja, i princip allt som kunde återanvändas. Många av husen hade redan restaurerats så långt att man kunde flytta in om man så ville. Förvånansvärt bra hade stommarna på husen hållits ihop, det mesta hade byggts i betong p.g.a. termiterna, allt av trä åt dom upp. Sanitetsingenjörerna hade planerat ett reningsverk och det var mycket grävande där. Och än så länge höll vår eldrivna grävmaskinstraktor. Vi hade ju reservdelar till en viss tid. Men den var igång nästan konstant så efter att den blev obrukbar skulle saker gå långsammare framåt. En dag när jag var med och röjde och rörde mig bakom ett hus, såg jag nära på en liten kulle vad jag letat efter. Det var grunderna för ett litet hus som nästan totalt rasat. Men läget var vad

Riya drömt om. Ett litet hus med havsutsikt. »Här skulle jag vilja ha mitt hus«, sa jag till Joni som var med mig. »Ja men ta det då«, svarade han genast. »Jag vill inte vara självisk och gå och peka ut vad jag vill ha, men läget är ju perfekt. Titta, det är mangoträd här också.« Jag lämnade det där så länge, men tänkte att jag skulle ta upp Riya hit för att ta en titt på det. Nästa dag gick vi dit med Riya, jag bad Joni följa med också så jag säkert skulle hitta. Det hade nu röjts upp en stig dit och jag blev rädd att nån annan fått samma idé. Men när vi närmade oss hade nån graverat på en bräda »Kapten John och Riya Carters residence.« Jag tittade på Joni som ryckte på axlarna och skrattande sa, »jag kanske berättade åt några om att du gillade stället, alla tyckte att det var självklart att ni ska ha det. Och alla lovade komma och hjälpa till när dom hinner.« »Läget är ju fantastiskt«, sa Riya och sken som solen. »Och tack ska du ha, Joni.« »Det är nog vi som är i tacksamhetsskuld till er båda. Alla gör nog allt för er.«-

Vårt hus såg ut att bli som en symbol för vad vi var och hur vår lilla kommun fungerade, vänlighet och hjälpsamhet. Plötsligt var det säkert 50 människor som satte igång med bygget där, där var sanitetsingenjörer, timmermän, murare och så många av deltagarna som bara rymdes med. Lite längre bort hittade vi en större byggnad som tydligen varit ett akvarium för turister nån gång. Där fanns massvis av plexiglas som gått oskatt genom tidens tand. Dom använde vi som fönster och delvis till taket också så vi fick ljus in under dagen. Huset blev betydligt större än först planerat då Riya insisterade på att halva huset skulle fungera som klinik också där hon kunde ta emot patienter. På baksidan av huset göts en stor terrass med den fina havsutsikten. Det lugnade mitt dåliga samvete lite att halva huset skulle bli klinik så inte allt kom oss till godo. Det blev ett parhus med två identiska sidor. Vår sida där vi skulle bo hade vardagsrum när man kom in samt två sovrum, ett för oss och ett för vår dotter som alla gick och väntade på fast hon inte ens var på väg ännu. Där var också en riktig toalett fast det inte gick att använda den ännu. Men senare när sanitetsgruppen hade fått igång reningsverket så skulle det bli av. Ett torn byggdes också för att samla upp regnvatten och vattnet kunde sedan användas till både toalett och dusch. Toalettstolar fanns det ju också hur många som helst, och i synnerhet dom som hade plastmekanik var fullt användbara många av dom.- Andra sidan av huset hade mottagningsrum och 2 mindre rum som undersökningsrum. Men det var förstås skytteln som fungerade som själva sjukhuset än så länge. Agrologerna var bra på gång också och majsen dom planterat för 30 dagar sen menade dom att skulle ha kolvarna färdiga om ytterligare 30 dagar. Kycklingar hade också kläckts i hundratal och fodrades hela tiden. Det var ingen brist på medhjälpare där heller. Grisarna hade vuxit till sig ordentligt och snart kunde veterinärerna börja fertilisera dom första. Allt gick framåt med fart, fortfarande sov nästan alla på stranden, men gissade att om en månad till skulle det se annorlunda ut. Tre dräktiga tikar hade jägarna fångat in också, vi hade dom i en inhägnad till en början men fort började dom lita på oss när dom märkte att ingen utgjorde någon fara och att bespisningen fungerade. Så dom var lösa nu och alla hade vant sig vid dom och dom sov med utanför vindskydden, ofta hopkurade runt brasan. Tiden gick framåt under lyckliga stjärnor, vi hade också haft första bymötet där jag fungerade som byäldste och sen 20 deltagare som skulle bytas varje månad, och deras sista jobb för gången skulle vara att välja ut en byäldste. Och jag hoppades att dom skulle välja någon annan än mig. Inte för att jag hade något emot det, men gruppen måste börja ta lite avstånd från mig och dom andra så kallade ledarna som hade haft stjärnor på Quasitor. Mötena var mycket korta och enkla i början, då vi mest funderade i vilken ordning vi skulle hjälpa med byggande av hus, samt åkerjobben, jakt, fiske och så vidare. Allt rullade på med egen tyngd då det fanns meningsfull sysselsättning för alla.-

Men en dag ändrades alltihopa. Vi hade sett rök sippra upp några gånger långt inne i djungeln och hade spekulerat vad det kunde vara. En brand som pyrde, varm källa med mera, en morgon bestämde vi oss med Jack och Bandil för att ta en vandring närmare om vi skulle komma underfund med omständigheterna till den mystiska röken. Vi startade tidigt på morgonen, Riya var inte alls med på noterna att jag skulle gå med. Hon sa att i så fall är det bättre att hon går som har rört sig i djungeln och har militär bakgrund. Men jag lugnade henne med »ingen panik, bruttan, ska bli skönt med en liten vandring.« Och så blev det. Ångrade mig nästan efter 15 minuters viftande med macheten, svetten rann och flugorna älskade oss. Efter en stund blev terrängen öppnare och efter en timme var vi en god bit på väg. Tills det sa »smack« i ett träd bredvid oss och en pil stack ut, vi var omringade av säkert 20 människor som hade pilpågar spända mot oss. Vi lyfte automatiskt händerna uppåt för att visa att vi var obeväpnade. Förutom Jack förstås som hade ett stort gevär på axeln. Men skulle han ha gjort en gest att använda det skulle vi ha varit genomborrade av pilar direkt. Och nu kommer den stora lyckan i historien, nämligen Bandil. Bandil var tamil och pratade ett annat språk, men kunde också prata singalesiska som är majoritetsspråket i Sri Lanka. Först fick han dom nerlugnade såpass mycket att dom sänkte pilbågarna lite, men på helspänn var dom. Vi satte oss ner på marken som en gest att vi inte tänkte hoppa på dom eller springa undan. Efter en stund gjorde dom det också. Vi (Bandil) började prata, vår historia var ju antagligen helt utopistisk för dom men dom berättade att dom sett oss landa i den förgiftade byn, som dom kallade den. Dom hade historier som deras anfäder hade berättat och som hade gått vidare i generationer. Dom berättade att det hade kommit en sjukdom som dödade alla syndiga människor och en grupp på några hundra människor hade dragit sig tillbaka till djungeln. En del hade varit syndiga av dom också och hade dött. Men största delen överlevde och bodde nu i djungeln. Stämningen började bli lättare och Bandil pratade på och tolkade till oss. Nån tog fram ett långt trärör och tände på, den gick runt och alla skulle blossa på den. Vore säkert oartigt att tacka nej, marijuana, viskade Jack åt mig och tog ett stort bloss. Jag gjorde likadant och höll på att storkna i ett hostanfall. Det var tydligen roligt för alla skrattade och efter en stund vrålskrattade jag med. Varför vet jag inte. Men jag skrattade så tårarna sprutade, vilket gjorde att alla skrattade ännu mera. Jag var hög, för första gången i mitt liv. Vi satt där säkert två timmar och pratade efter att vi lugnat ner oss och ruset går ur oss lite grann i varje fall. Vi hade matsäck med som vi delade med oss av, och vi fick smaka på torkad kryddad fisk. Det blev ju riktigt trevligt efter en stund. En av infördingarna pekade på Jacks gevär och Jack förklarade att det var ungefär det samma som hans pilbåge. Dom ville att Jack skulle demonstrera och Jack avfyrade ett skott mot en gren 50 meter bort. Den gick av och föll till marken. Dom blev livrädda av knallen, men respekten mot Jack ökade markant. Nu ville dom att vi skulle följa med till deras by, vi hade inte mycket val så vi följde med. Som tur var gick det en stig så promenaden var inte helt omöjlig ens för mig som garanterat hade den sämsta konditionen av alla. Vi gick gott och väl 5 km tills vi såg röken. Som helt enkelt kom från matlagningen. Hela byn kom försiktigt emot oss, småbarnen gömde sig bakom sina mammor. Men dom modigaste kom och klämde på mitt och Jacks vita skinn. Byn var ganska pittoresk, massvis med hyddor byggda av sten och lera med halmtak. I mitten av allt ett torgliknande öppet ställe med en brunn i mitten. Byäldsten kom emot oss med öppna armar, Raja hette han och önskade oss välkomna, men varnade oss från att bo i den förgiftade byn. Vi berättade att vi hade medicin mot pandemin och kunde ge åt dom också om dom ville. Alla var ju lite misstänksamma till våra historier förstås, men dom tyckte ju att vi inte kunde vara syndiga eftersom vi kunde bo där utan att dö. Vi fick väl hålla med dom i deras tro. Raja tyckte att vi skulle stanna där ikväll och dom skulle ordna en välkomstfest åt oss och att vi kunde gå hem i morgon. Vi avböjde artigt och sa att folket blir oroliga om vi inte kommer tillbaka. Men om det skulle passa dom skulle vi komma tillbaka imorgon med lite mera folk och ta mat med oss. Vi sa att vi kunde ta läkare med oss som kunde titta om nån har några problem samt att vi har medicin mot det mesta. Det gick dom med på och 5 infödingar följde med oss till stället där dom mötte oss först. Vi vinkade av oss och traskade vidare. »Bandil, sa dom hur många dom var i byn?« frågade jag. »Jag förstod att dom var ungefär 800, så som vi ungefär. Jag bara inte fattar hur dom klarade sig.« »Dom sa ju varför, dom var inte syndiga«, sköt Jack in. Vi fortsatte att prata under resten av vandringen. »Det borde ju vara en garanti att dom inte gör något mot oss om dom tänker så«, sa jag. »Vi kan ju hoppas det, nåt gerillakrig i djungeln låter ju inte lockande«, svarade Jack.-

Når vi kom till Bentota bad jag Jack och Bandil förklara situationen för dom andra och berätta att det inte är något att oroa sig för. Jag måste gå till skytteln och berätta för Riya och dom andra samt ta kontakt med Jose. Jag förklarade för Jose vad som hänt och han ville komma över till oss idag och imorgon följa med oss till den nya byn. Han skulle ta några deltagare med sig. Jag berättade vidare för Jose att infödingarna var medvetna om deras by också. Alla var ganska uppskärrade i skytteln när jag berättade om vårt äventyr. Men jag trodde genuint att det var goda människor, annars skulle dom väl ha gjort livet surt för oss tidigare. »Jag vill komma med imorgon«, sa Riya. »Klart du ska med, jag gillar när min fru följer med på mina affärsresor.« »Är det nån annan som vill på djungelfest i morgon?« frågade Riya. Hela sjukvårdspersonalen sträckte upp händerna och ett par patienter med. Jag skrattade. »Ta ett par stycken, en helhetsgrupp på 20–30 personer tror jag blir passande. Vi kan ju sen bjuda hit hela deras by på genfest senare.«-

Efter några timmar kom Jose med en delegation på sammanlagt 10 personer. Det hade varit samma entusiasm i Madu, men helt rätt valde Jose en mindre delegation. Och det bästa i det hela, en dam som kunde singalesiska. En indier som studerat språk på universitetet i Colombo, samma universitet som Bandil också gått på. Hon hette Fatima och var en av deltagarna. Vi hade bestämt att 20 av oss skulle med, jag, Riya, Jack och Bandil förstås. Att jag och Jack skulle med igen var närmast för att vi hade redan ingett ett förtroende hos dom. Vidare hade vi en läkare till förutom Riya, två sjukskötare, resten var entusiastiska deltagare. Mike stannade kvar med Ra för att jag ville att dom skulle vara där. Ra putade med läpparna och försökte se ledsen ut med dåligt resultat. Alla hade plockat med sig några presenter åt barnen i byn från sina personliga saker. Jägarna hade skjutit ett präktigt vildsvin som vi stack en stör igenom och skulle turas om att bära på. Några präktiga fiskar hade vi också med oss som var rensade och saltade. Vi gick och la oss tidigt så att vi skulle vara på god väg när solen steg upp.-

23 BYFEST

Vi träffades i gryningen, vår 30 människor starka festkommitté. Vildsvinet var på pålen och vi kom överens om att byta dom två bärarna med korta mellanrum. Svinet vägde säkert 50 kg så ingen lätt match. Mike var med på stranden och sa, »om jag får komma med så lovar jag att jag bär den ensam hela vägen.« »Du behövs här nu och du skulle antagligen äta upp den under vägen«, svarade jag. Just när vi skulle starta sa Jelena, som var ryska, »jag ville bara berätta att jag och Dimitri ska ha barn, så om 8 månader behöver vi barnvakt.« Alla skrek till och gratulerade. »Riya bekräftade det igår.« »Jag får lov att gratulera, en fantastisk nyhet, men är det nu bra att du tar ut dig här?« undrade jag. Riya skrattade, »hon är gravid, inte sjuk.« »Ok, ok, jag är inte så bra på sånt här«, skrattade jag i min tur. Vi tågade glada i hågen iväg, det här var nyheter vi väntat på. På nästa bymöte skulle jag ta upp det att nu bygger vi ett hus till Dimitri och Jelena som första prioritet. När vi kom upp till stället där vi hamnade i bakhåll förra gången väntade Raja med fem unga män på oss. Det var ett kärt återseende och Raja kommenderade genast 2 män att bära på vildsvinet. Nere vid byn väntade alla på oss, barnen var mycket modigare nu och i synnerhet våra blondaste deltagare fick mycket uppmärksamhet. Alla barnen ville röra vid deras hår och bad dem sätta sig. Sen började dom kamma och fläta dom med skickliga händer. Fast det ännu var tidig morgon så började tillagningen av vildsvinet och fiskarna omedelbart. Dom hade redan dukat upp på marken med olika maträtter. Kyckling och frukterna kände jag igen, i varje fall dom flesta. Raja bad mig och Bandil komma lite avsides och sitta med honom, jag tog Riya med förstås. Vi lärde oss massor av Raja som var en bra lyssnare också, han ville förstås veta mera om våra äventyr. Raja undrade om det var möjligt att lära dom engelska. Jag berättade att vi hade lärare med oss, dom kunde förstås inte singhalesiska, men Bandil och Fatima kunde säkert hjälpa till där. Sen med lite praktisk inlärning skulle vi nog så småningom kunna förstå varandra bättre. I synnerhet dom mindre barnen skulle lära sig mycket fort. Vidare sa vi att vi var mycket intresserade av deras odlingar. I synnerhet riset och preparationerna av det. Vi såg att dom hade getter och undrade om dom vore intresserade av bytesaffär mot några dräktiga grisar. Havsfiske var en sak som dom var intresserade av i Kotte, som deras by hette. Nu fiskade dom i floden, men hade ingen erfarenhet av havsfiske, »vi har ingen erfarenhet av flodfiske, så vi byter gärna erfarenheter«, svarade jag. Raja berättade vidare att det fanns många kräftor och krabbor i floden. Det var delikatesser som på jorden blivit en sällsynthet under vår tid. Det riktigt vattnades i munnen redan. Riya frågade om det var okey om dom gjorde en hälsoundersökning på barnen. Och så sa hon att hon kunde vaccinera mot pandemin om dom så ville. Men Raja sa att det inte var nödvändigt då dom var goda människor. Vi lät det vara så för tillfället och hoppas på att den var utdöd, vilket den borde ha varit vid det här laget. Riya förklarade fördelarna med vaccinationsprogrammet för barn och det gick han med på att vi fick starta. »Men idag är det fest«, sa Raja,

»så inget stickande idag.« Vi skrattade och höll med. Det
var en otrolig måltid med massor av mat, många mycket
starka rätter, men goda. Och vi hade nästan glömt hur gott
ris kunde smaka, och det hjälpte också om man fick i sig
något som brände för mycket. Sen gick den välbekanta
pipan runt, jag avböjde vänligt men bestämt. Riya tackade
nej också, »jag är från Indien, ganja är vardagligt där. Men
jag har sett hur det trubbar av folk som får i sig för mycket.
Ja, det är väl ingen risk att jag ska köra bil idag, men jag
står över, tack.«

Middagen eller lunchen eller vad det var pågick i flera
timmar och när vi hade ätit så vi var sprickfärdiga kom
vildsvinet in, så det var bara att hugga i igen. Vi blev
bjudna på något slags hembränt, vet inte om det var gjort
på ris eller kokos, men starkt var det. Och vi var alla i gan-
ska bra feststämning efter en stund. Det blev musik också,
trummor och någon slags gitarrliknade instrument. Våra
unga damer blev livligt uppvaktade av Kottes unga män,
byns unga damer däremot var ganska reserverade, mycket
vackra nog och skulle säkert i längden väcka intresse hos
våra unga män också. Hur trevligt vi än hade det så beslöt
vi oss för att ta oss tillbaka till Bentota före mörkret skulle
falla in. Vi kom överens om att Riya med sjukvårdsper-
sonal skulle komma i morgon och gå igenom alla byns
invånare. Tänkte att Mike och Ra och kanske några andra
ville komma också. Vi bjöd in dom att komma och hälsa på
oss också, men dom var ännu lite reserverade mot det då
dom ville se hur det går med oss först. Och jag förstod dom
väl, om dom i generationer blivit hjärntvättade att det är ett
farligt ställe så ändrade man inte det i en handvändning.-

Nästa dags exkursion med Mike och Ra i täten hade
gått bra den också. Tre gravida suggor hade tagits med

och dom hade gått för egen maskin. I gengäld hade vi fått fem getter som vi märkte fungerade utmärkt som gräsklippare. Ja, man fick hålla ett öga på dom för dom åt nog nästan allt dom såg. Men nu fick vi getmjölk och kunde tillverka getost med mera. Riyas läkarteam hade satt igång vaccineringsprogrammet och dom mindre barnen hade börjat kalla henne doktor Mod. Riya tyckte det var trevligt tills Fatima berättade att det betydde dum. Så nu var Riya då den dumma doktorn som kom stickandes till dom. Några fiskare och jägare gick med också och bytte erfarenheter. Jägarna i Kotte berättade att dom ibland hört rytande längre bort i djungeln som dom misstänkte var något större än leoparden. Så det kunde ju hända att det fanns tigrar som blivit förvildade från djurparker efter pandemin. Elefanter sa dom fanns massvis, ibland i stora hordar som kunde komma och äta av deras majs från fälten. Hittills hade dom kunnat avvärja dom, men det fanns en viss oro där. Det var en av orsakerna till att dom var mycket intresserade av våra gevär. Men vi hade förklarat för Raja att det kan vara roten till mycket ont och sa att det nu helt enkelt var bättre om dom fanns hos oss. Vi lovade dock att komma och hjälpa om dom skulle få problem med tex. elefanterna. Ett större problem var dock aporna, dom kunde också komma i stora flockar och stal allt dom såg. Aggressiva kunde dom också bli, Riya berättade att om nån blev biten så skulle dom komma till Bentota genast och ta rabiesvaccin. Om man fick rabies och den lämnades oskött så ledde det alltid till döden. Alla i byn fick också stelkrampsvaccin. Det var nog ett tecken på förtroende att alla kom och tog emot dem. Ra hade byggt en fotboll av hoplindade lianväxter och höll på och lärde reglerna och sparkade med dom. Tydligen uppskattade barnen ledd verksamhet och stormtrivdes med Ra. Så närmade vi oss varandra och byggde förtroende, vi fick ris också som vi lovade betala tillbaka när vår skörd kom. Men maten var det ingen brist på. Naturen levererade, och det börjades kännas som Linda gjort rätt val när hon valde den bästa möjliga platsen på jorden att bo på, Sri Lanka var härligt.-

Reningsverket hade kommit igång och vi kunde flytta in till vårt hus med Riya, vattencisternen var på plats och vi kunde både duscha och använda toalett. Spolande av toaletten gick till så att man hällde vatten i toalettstolen som sen gick via rör till reningsverket. Reningsverket var ett riktigt ingenjörsarbete och hade byggts så pass stort att det skulle räcka till största delen av byn. Åtminstone med nuvarande befolkningsmängd.-

Och befolkningen skulle öka, efter att Jelena och Dimitri meddelat sin glädjenyhet hade under 3 månader 4 par till berättat att dom skulle få tillökning. Den första regntiden kom i april och det kunde komma häftiga regnskurar, men kunde varva ner med soliga dagar emellan. Det betydde också att husbyggandet hade fått mera fart, alla insåg att det inte gick att sova i vindskydden på stranden mera, några hade blåst bort också helt enkelt. Vi hade redan vår andra risskörd igång, invånarna i Kotte hade visat hur man torkar och preparerar riset. Mycket jobb där också, men vi hade dagligen besök av folk från Kotte och ofta gick vi till dem också. Barnen hade redan börjat prata en hel del engelska och vi i gengäld hade lite långsammare lärt oss lite singalesiska. Så vi började ha lite kommunikation med varandra redan, nu vågade dom modigaste från Kotte redan röra sig fritt i vår »förgiftade« by. Vi hade fått vår »djungelväg« mellan Madu och Bentota färdig, så nu behövde man inte mera gå via stranden ifall man inte ville.

Det kunde bli ganska tungt att gå längs med sandstranden då underlaget var mjukare och man inte hade skydd från solen. Så allt såg ganska ljust ut för tillfället. Men en sak hade gnagt lite i mitt bakhuvud. Hur skulle allt fungera i fortsättningen? Många jobbade otroligt hårt med jordbruk, fiske, jakt, djurskötsel, matlagning. I något skede när nyhetens behag lagt sig kanske folk skulle börja opponera sig mot att en del gjorde mera. Hur skulle man kompensera dom som till exempel jobbade på fältet 12 timmar en dag? Mot en sådan som fixade på sitt eget hus och sen kom och hämtade mat, utan någon insats till samhället. Eller fiskarna som ibland åkte ut i solnedgången och kom tillbaka på morgonen och konstaterade att alla gick iväg med fisken dom hämtade in. Eller om någon slaktade en gris och gjorde allt jobb och dom andra for iväg med köttet som dom gjort och preparerat. Och till marknadsekonomi kunde vi ju inte heller gå. Vem skulle betala lönerna, och med vilka pengar? I det stora hela hade allt fungerat, men var vi i framtiden på väg utan något val till ett kapitalistiskt samhälle. Men det här var väl saker vi måste börja fundera på så småningom, kanske vore det bra att ta en diskussion med Raja. Deras samhälle såg ju ut att fungera och alla hade sin plats där. Det skulle jag ta itu med och gå till botten med, hur dom gjort upp saker.-

En dag tog jag Mike och Bandil med mig och gick till Kotte för att träffa Raja. Givetvis blev vi genast bjudna på mat, det var egentligen en självklarhet för dom mera än det var en artighetsgest. Sen gick vi runt och tittade på deras odlingar, vattenbufflar var något som intresserade oss. Raja lovade hjälpa till med att fånga in några för oss samt lära oss handskas med dom. Eftersom dom förvildats så var dom inte så lätta till en början. Men dom skulle bli absolut nödvändiga för oss i framtiden. Dom var otroligt starka och med en vikt på flera hundra kilo var det ingen match för dom att användas som dragdjur vid plöjningen. Dom kunde också dra vagnar mellan Bentota och Madu om vi ville utbyta varor och skördar. Jag berättade om vår bykommitté och att vi skulle ha möte snart och undrade om Raja skulle komma som hedersgäst. Vi kunde bjuda in Madus bykommitté samtidigt för att låta Raja berätta om sitt system dom hade i Kotte. Lite till min förvåning tackade Raja ja och sa att nu när han lärt känna oss så visste han att vi hörde till dom goda människorna också. Jag hade nu varit byäldste i över ett halvår i sträck, jag trugade inte på något sätt, men alla tyckte tydligen att kapten John vore bäst där. I Madu hade det gått precis på samma sätt och där hade Jose varit byäldste under hela tiden. Visserligen var ju jag och Jose dom äldsta i respektive grupper, men själv tyckte jag att det inte skulle vara kriteriet. I Kotte däremot var det väl ett slags monarki, för efter Raja skulle hans son ta över byäldsteuppgifterna, och blev på sätt och vis skolad och upplärd till det hela sitt liv. Så fick det bli och vi beslöt att nästa vecka skulle vi hålla möte i Bentota. Det skulle ju bli en hel del folk på mötet då vi var 20 och Madu lika många och Raja skulle komma med sin son. Vidare skulle Bandil och Fatima komma med som tolkar. Jag var mycket väl till mods när vi gick tillbaka och trodde att allt skulle lösa sig. Raja skulle säkert berätta nyttiga tips om praktiska ting i arbetsfördelning och dylikt. Vi gick tillbaka längs djungelstigen som nu redan var som en liten väg när flera människor använde den. Vi satte oss en stund uppe på kullen som var ganska precis mitt emellan Bentota och Kotte. Allt såg så fridfullt ut, Kottes by nere i dalen och Bentota med sin paradisliknande strand.-

Senare på kvällen satt vi på vår nya terrass med Riya och åt lite frukter. Jag frågade Riya om hon vill ha en skvätt av Chivas Regal som vi smuttat sparsamt på så den skulle räcka länge. »Hördu John, det är nu så att du får smutta ensam på din whisky i 9 månader framåt.« Jag omfamnade Riya, vi sa inget, men vi grät av glädje. »Det här är stort, Riya, glöm Quasidor, glöm Viridis, vi ska få barn.« Jag hoppade upp och vrålade »vi ska få barn, vi ska få barn.« Dom närmaste grannarna kom rusandes, lyckliga, och gratulerade. Det tog inte mera än 10 minuter så visste nog alla om det, det var full trängsel i vårt lilla hus, skvallret gick som en löpeld. Visst var det andra som var gravida också, men tydligen hade alla väntat på det här. Mike tog till orda, »det är väl lika bra att berätta att Ra och jag också ska få barn.« Jag omfamnade båda två. »Varför har du inte sagt något?« frågade jag Riya. »För att jag är läkare och har tystnadsplikt och är inte här för att mätta gubbarnas nyfikenhet«, skrattade Riya. »Vilken dag, den bästa i mitt liv«, skrattade jag.-

Efter några dagar när jag hämtat mig lite efter alla nyheter började det bli dags för vårt »stormöte«. Vi beslöt att hålla det på stranden då vi inte ännu hade någon större byggnad klar för ändamålet. Det var ännu regntid, men skurarna var inte dagliga och det såg ut som om det skulle bli en regnfri dag. Vi hade stockar utsatta i en ring runt en lägereld där vi alla skulle rymmas utmärkt. Vi skulle ju ändå bli omkring 50 personer så »riddarna runt det runda bordet« vore väl bästa lösningen så alla skulle höra varandra. Vi hade skickat en liten delegation för att möta Raja och hans 4 följeslagare. Rajas son och 2 jägare som alltid bar på sina pilpågar. Joses bykommitté var redan på plats och dom skulle också övernatta i Bentota. Raja med följeslagare fick göra likadant om dom ville. Men kunde tänka mig att dom hellre sov i vindskydden på stranden än i den »förgiftade« byn.-

Jag hälsade alla välkomna till mötet, Fatima och Bandil var med som tolkar. Jag bad Raja börja med att berätta om arbetsuppgifterna i deras by och vilken hans roll var. Raja ställde sig upp och Fatima ställde sig upp bredvid honom. Det var intressant att höra hur sakerna var upplagda, han berättade att arbetsuppgifterna gick mycket i arv. Sönerna gick i tidig ålder i sin fars fotspår oberoende av om han var fiskare, jägare, jobbade med jordbruk eller vad det kunde vara. Kvinnorna igen skötte om familjen, uppfostrade barnen och skötte om matlagningen, tvätt av kläder. Det var som 1900-talets början i I-världen. Här var det nog en sak som det kunde bli konflikter i hos oss, tänkte jag. Våra deltagare hade ju växt upp och blivit uppfostrade i att könsrollerna var jämlika. Men hur skulle det gå i praktiken? Och skulle vi hålla fast vid våra seder eller gå tillbaka till dom sedvanliga formerna? Det var nog öppet för livliga debatter inom nära tid. En sak som faktiskt låg inom mitt expertisområde var bestraffningarna. Hur gick det till i »Kotte« om någon bröt mot lagen? frågade jag Raja.Jag hade lite funderat på det och ett fängelse skulle ju vara helt uteslutet i vår lilla by. Raja började med att berätta att det sällan var några större konflikter. Men att det var hans roll att reda upp dem om de kom. Det vanligaste hade varit att det handlat om svartsjukedraman som kunde bli riktigt häftiga ibland. För det mesta räckte det med att dom kom över till Raja och parterna som var inblandade fick berätta sin sida av saken. Efter det försökte man komma till en överenskommelse som skulle tillfredsställa alla. Det största straffet eller hotet om det, var utvisning från samhället.

Det betydde att man på bestämd tid måste ge sig iväg från byn. Det var ett skrämmande scenario ifall det skulle gå så. Att klara sig ensam i djungeln var ingen lätt sak. Och nätterna kunde vara skrämmande med alla ljud. Och det att dom var ganska vidskepliga hjälpte nog inte till att få fast i nattsömnen.-

24 DEBATT

Fast kvällen var långt gången så skulle det ju givetvis vankas mat då det var gäster på besök. Såpass mycket folkvett hade ju vi fått inbankat i det här läget. Andra deltagare hade också kommit med då den officiella delen var över. Vi började sprida på oss i grupper som passade oss, jag med Jose och Raja, Bandil var med. Också Ra och Mike hade slutit sig med samt några till. Ra berättade att hon pratat med Riya som sagt att hon var lite trött och skulle gå och lägga sig. Jag blev ju orolig och frågade om allt var bra med henne, Ra skrattade. »Det var precis den reaktion som jag skulle få«, hade Riya sagt. Allt var ju nytt för mig på pappabiten så lite skulle man väl få reagera, tyckte jag. Jag berättade för Raja att vi skulle få barn, han tog sin hand i båda mina, tittade på mig och sade. »Det har jag vetat sen igår, du kommer att lära dig. Skvaller rör sig fort här.« »Jag har börjat förstå det«, skrattade jag. Men det skulle ju firas förstås och fram kom den där krukan som innehöll något romliknande sött brännvin. Det var livliga diskussioner hela kvällen, Jose hade en fråga som kunde tåla att tänka på. Han fortsatte »vad händer om någon gör något grovt brott, typ mord eller våldtäkt? Tror det skulle vara ganska svårt att ha en hämndlysten person i buskarna som när som helst kunde komma tillbaka. Och vad hände om han fick ett gevär med sig?« Här tog Raja över, »han hade hört att i tiderna på Maldiverna hade dom som straff att utvisa folk till någon obebodd ö. Där kunde man bli sittande för livstid eller i varje fall för mycket långa tider.« Maldiverna hade ju tusentals öar att välja emellan, men Sri Lanka var ju inte precis känd för sin skärgård. Men å andra sidan så var kanske hela världen obebodd. Kanske när båtbyggarna hade en större fiskebåt att man kunde segla över en sådan person till Indiens östkust. Så gjorde ju britterna i tiderna när dom kolonialiserade Australien. Vi lämnade idén på tankenivå än så länge och hoppades att scenarierna inte skulle komma till användning.- Efter nån timmes livliga spekuleringar såg vi till att gästerna var komfortabla i sina vindskydd. Många från Madus kommitté valde också att sova i vindskydden. Det var en molnfri natt och månen var uppe och det såg inte ut att bli regn i natt. Jose hade suttit och antecknat i sitt block under kvällen och kom fram till mig. »Är det okey om jag följer med till ditt hem före jag kommer ner hit igen, jag skulle gärna se Riya och gratulera henne med.« »Absolut«, svarade jag. »Kanske en liten nattfösare av det de gamla goda skottarna kommit på.« Vi gick ifrån stranden och upp mot kullen mot vårt hus. Stigen var sparsamt upp-lyst med ledlampor och månen hjälpte till så det var inga problem. Riya kom emot oss i dörren »Hej Jose, va roligt att se dig, kom in«, sa hon och gav Jose en kram. »Jag ville komma och gratulera, vilken fantastisk nyhet.« Vi satte oss inne på stolar vi hittat i bråtet vi röjde upp, vi hade putsat upp dom och dom såg riktigt fräscha ut. Vi satte oss och Jose rev två blad ur sina anteckningar, ett åt mig och ett åt Riya. Det stod »läs det här, men säg ingenting, Riya, hur fort får du ut chipen från våra handleder? Svara med att skriva ner det här.« Jose räckte över en penna. Det tar bara en minut, vi kan göra det i kliniken bredvid. Men vad är det frågan om? Jose skrev »ta ut dom först, vi har ingen användning av dom mera, jag förklarar när dom är borta.« Jag och Riya tittade på varandra och vi gick alla till kliniken.

25 JOSE SPEKULERAR

Inne i kliniken gick Jose och tog en flaska med rengörings-sprit. Han visade att när chipen var ute skulle dom sättas dit. Jag slogs mot tanken att skrika »va fan är det som händer?«, men jag såg på Jose att han menade allvar och hade kommit på något viktigt. Riya gjorde ett minimalt snitt på kanske 5 millimeter och tog ut chipen som inte var större än ett par millimeter. Sen gjorde hon det på sig själv som om det här var något hon gjorde varje dag. När vi hade alla chipen i spritburken och blivit omplåstrade gick vi över till vår sida. »Kanske ni vill att jag förklarar«, sade Jose leende. »Kanske det ja,« svarade jag och Riya samtidigt. Jose började, »tror ni på slumpen? Det gör inte jag, jag började tänka på det här under vårt möte idag och jag fick inte tanken ur mig. Jag har alltid varit en rationell tänkare, jag kalkylerar, tar inga risker. Nån kanske tycker jag är en riktig tråkmåns, en typisk ingenjör skulle kanske nån säga.« Jag började få lite aningar vart Jose var på väg och det gick en rysning i kroppen. Jose sade, »vore det inte en slump utan like, att vi på Quasidor fick förslag av Linda att Sri Lanka vore det bästa alternativet för oss. Det kanske det är också, härligt ställe och alla ser ut att trivas. Men det att vi kommer hit och det råkar sig så passligt att det har överlevt 800 människor till på jorden och dom bor någon kilometer från oss. Det går inte ihop. Oberoende av deras historia att dom drog sig in i djungeln när folk började dö av pandemin.« »Dom var vaccinerade mot pandemin«, skrek Riya till. »Den var luftburen, det fanns inte ett ställe där dom skulle ha kunnat gömma sig undan för den.« »Exakt så«, svarade Jose. »Det betyder att någon i god tid kommit och vaccinerat dom och efter det släppt ut viruset«, svarade jag. »Ja jävlar, Jose, nu fick vi något att bita i«, sa Riya. »Men vem, vem i helvete skulle ha kommit upp med en så djävulsk plan, att ta livet av 12 miljarder människor och varför?« undrade Jose. Jag svarade »Craig Thomas, han hade allt i sina nypor, jag bad honom komma med då när vi skulle bege oss av och var några man korta. Han bortförklarade det med högt blodtryck eller något.« »Han var nog en av dom friskaste 50-åringar jag mött i mitt liv«, svarade Riya. »Vilken bomb du kom med, Jose, vi kommer att få besök. När det händer vet jag inte, men det kommer att hända. Och hur många andra oaser har han vaccinerat i världen? Säkerligen var många på WSA medvetna om det här, inte många, men tillräckligt många. Dom ligger väl nedsövda någonstans och är programmerade att vakna något specifikt datum. Jag är rädd«, sa Riya. »Vilka svin, vilka egocentriska narcissistiska svin. Tror dom att dom ska spatsera hit och säga »men oj, så fint ni har det«, och sen komma och bo med oss?« svarade jag. Jose sade »dom är mördare, dom har tagit livet av en hel civilisation. Frågan är bara vad vi skall göra nu. Vi har ju ingen aning om var dom är nedsövda, annars skulle jag gå dit och öppna luckan och strypa dom med mina bara händer.« »Mike!« skrek jag till, »han fungerade som Craigs livvakt, han kan ha varit på några hemliga ställen som han då inte visste om vad det var.« Riya sade, »vi börjar med det, vi tar lika diskret bort Ras och Mikes chip i morgon och går igenom det med honom. Men klockan är mycket och vi har mycket att grubbla på. Jag tror det är bäst att fortsätta i morgon. »Du har rätt«, sa jag, vi håller det mellan oss så länge och sen ser vi vems chip vi börjar ta bort. Helst skulle jag ju ta allas, men kanske det skulle väcka oro.« Jose sade »om dom är uppväckta har dom redan noterat att våra chip är borta och kanske förstår att vi är dom på spåren.«

26 PUNE

Jose hade insisterat på att gå ner till stranden och sova med Madu-gänget och Raja. Tror han helt enkelt inte ville störa oss. Men han lovade dyka upp genast på morgonen, vilket han också gjorde. »Jag går och hämtar Mike och Ra innan dom hinner gå till sina sysslor.« Dom bodde bara en minut från oss och stod just och kysstes farväl utanför deras lilla hus när jag kom. »Gomorron, ni får fortsätta att pussas i mitt sällskap idag, jag behöver er.« »Ååh«, sa Ra, »jag skulle gå och träffa mina kompisar.« Hon höll på att lära 3–5-åringar från Kotte engelska och kallade dom sina kompisar. »Du får leka med dina kompisar senare, det finns fler som kan hjälpa till där.« »Jag hade tänkt gå till Kotte och se hur dom fångar krabbor, men det är lugnt, krabborna får vänta. Jag går bara och säger åt Joni att det blir senare så kommer jag«, svarade Mike. »Du förresten, ta Joni med dig när du kommer.« »Ajaj, kapten«, hojtade Mike och sprang iväg. »Och Ra, du kommer med mig«, sade jag. »Ajaj, kap…« »Sluta nu, det räcker.« När vi var nära huset gav jag Ra lappen där det stod att hon skulle vara tyst. Hon tänkte genast Ra-aktigt säga något, men jag satte mitt finger mot hennes läppar och visade åt henne att gå in i kliniken. Riya var där med fingret mot läpparna och visade åt henne att sätta sig. Ra satt snällt medan Riya tog bort chipet och lade ett fjärilsplåster på. Riya satte chipet i spritflaskan och skrattade, »nu kan du prata.« »Fan va

skönt, bruttan, tror jag aldrig varit tyst så här länge«, sa
Ra. »Gå till Jose och John så berättar dom varför du blev
torterad såpass länge.« Riya såg Mike och Joni komma och
gick emot dem och gick igenom samma procedur. Efter
några minuter var vi alla i rummet. Vi hade valt att sitta
på golvet då det inte fanns stolar för alla. »Tack för att ni
kom så snällt allihopa, jag förstår att ni alla är lite funder-
samma, men det är vi också. Jose, berätta varför vi är här.«
Jose berättade samma som han berättat för oss igår och nu
när man hörde det i dagsljus så lät det nästan ohyggligare
än igår. »Vi spekulerade förstås lite igår kväll men vi kom
ingen vart, men vi ser det som ett hot mot vår idyll. Och
dom kan ju komma när som helst, och vi har ingen aning
om vad deras motiv är«, sa Riya. Joni lyfte handen, »det
fanns ingen Viridis, det var en fantasihistoria dom kokat
upp. Viridis var för bra för att vara sant. Perkele«, avslutade
han. »Perkele?« undrade Ra. »Finsk svordom, ungefär som
satans farfar, ett starkt uttryck, ursäkta mig.« Jag svarade
»det kan nog hända att det kan behövas både sisu och per-
kele framöver Joni, så det är lugnt. Men nu, mina vänner,
behövs rationellt tankearbete. Vad gör vi härnäst? Vi har
ingen aning om var dom är, dom har ju hela världen att
gömma sig i. Där ligger dom och sover som om inget hänt
och väntar på att vi bygger upp ett paradis åt dom. Mike
lyfte handen, »jag vet var dom är.«

27 METREWAVE

Vi gapade alla med munnarna öppna, »du får gärna fortsätta, Mike«, sa Jose. » Ja, som ni vet så fungerade jag ju som Craigs livvakt när han rörde sig utanför spacecentret. Och det gjorde han ofta, och senaste året var vi säkert 5 gånger i Pune.« »Va, Pune i Indien?« avbröt Riya. »Ja, Pune i Indien, närmare bestämt 'The giant Metrewave radio telescope', ett enormt område på tiotals kvadratkilometer. Men alltid när vi var där så hölls han mest i sin villa han hade där tillsammans med hans delegation. Samma personer som du, John, träffade vid runda bordet första gången du kom till WSA. Jag var aldrig inne i villan utan blev alltid ombedd att hålla vakt på omgivningen. Mest rika turister som spatserade omkring där. På Metrewave undersöker dom pulsarer och andra fenomen i rymden. Tänkte aldrig mera på vad dom höll på med i villan. Dom var ju alla i höga poster på WSA så man tog väl för givet att det var viktiga saker. Funderade inte ens på varför dom måste flyga till andra sidan jordklotet för att hålla sina möten. Men som kamouflage var det ju ypperligt. Jag menar Metrewave är ju världsberömt och kunde lätt ha att göra med Quasitor.« Det blev tyst i rummet. »Jag tror du har rätt, Mike, tack ska du ha. Vad nu då, förslag? Ra sade, jag tycker vi går och knäpper dom i sängen, dom skulle ju inte ens lida av det.« Jag fortsatte: »för det första, Ra, du går ingenstans. Du stannar här, du är gravid, och samma gäller min löjtnant, så nu tar vi det lite lugnt och funderar. Men vi vet ju via Mike hur området ser ut så det är ju en fördel för oss.« Riya sade,« jag känner också till det, vi var där flera gånger när jag var barn. Det ligger bara 150 km från Mumbai, min hemstad.« Mike räckte upp handen, »vapnen är ett problem, vi vet inte hur beväpnade dom är och våra vapen kan vi inte ta med.« »Och varför det?« undrade Jose. »Vapnen är chippade«, förklarade Mike. Och chipen är ingjutna i metallen på vapnen och aldrig på samma ställe. En säkerhetsgrej, om man förlorar sitt vapen ska det gå att hittas. Eller om fienden kommer över det så ser vi var fienden rör sig. Och vi såg ju alla hur små chipen är, så tyvärr omöjligt att hitta dom.« Joni sade »så om dom är vakna kan dom se exakt var vi rör oss.« »Perkele«, sa Ra. »Vi lämnar saken på det här stadiet nu, vi kan inte förhasta oss, vi fortsätter med våra dagliga sysslor. Jag skulle inte vilja undanhålla det här för dom andra, men vi funderar ut det här först. Under tiden tycker jag att ni lite diskret kan börja be folk komma och avlägsna sina chip. Motivera med att dom inte behövs mera, ni kan ju berätta en liten vit lögn att min hand blev lite infekterad, kanske beroende av att chipet inte tål värme eller nåt. Men det är inget måste att ta bort det men vi vet ju inte om det går att avlyssna via det. Vi borde vara på säkra sidan i varje fall.« »Fan va ledsen jag blir«, sa Ra, jag drömde om Viridis. Och det här är ju minst lika fint men jag känner mig så lurad, som om när ett barn får reda på att jultomten inte finns.« Riya svarade, »ja, man blir ju ledsen, jag var så lycklig och allt var ju perfekt. Sen få höra att människor man litat på har hittat på hela den här saken, vilka onda människor. Vi måste vara mycket försiktiga i allt vi gör framöver, dom är kapabla till vad som helst. Och det värsta när man har att göra med såna här psykopater är ju att dom inte själva förstår att dom gjort något fel.«

28 VAD GICK FEL

Vi spekulerade en stund på vad det var som lett till situationen att man beslutar att ta livet av hela jordens befolkning. Jose som var vår »tänkare« hade en teori om att Quasidorprojektet helt enkelt blev för stort. Säkert var det menat att Viridis skulle befolkas, men med tilläggsdata som kommit in, hade det kommit fram att det inte vore beboeligt ändå. Kanske var besvikelsen så enorm att dom beslöt hemlighålla det för att rädda sitt eget skinn. Det var ändå frågan om ett projekt där tiotusentals människor var involverade. Massor av länder hade satsat enorma resurser på projektet. Nu skulle dom få stå som syndabockarna till misslyckandet, kanske t.o.m. bli dömda och hamna i fängelse. Och vilken besvikelse det skulle vara för alla involverade och skulle säkert sätta ett tvärstopp på rymdforskning för en lång tid framöver. Då var det ju lättare att köra på som planerat och smussla undan bevis på misslyckandet. Sen var det ju dom som hade hand om programmerandet av Linda, så allt var möjligt. Jag frågade, »men hur kom det till den punkten att dom beslöt ta livet av hela världens befolkning?« Jose fortsatte, »det är nog något som bara kommit upp i gruppen, och jag antar att det är dom här fem innersta medlemmarna med Craig i spetsen som kommit med idén. På så sätt skulle dom ju kunna simulera hela projektet så det faktiskt skulle vara ganska nära förutsättningarna för Viridis.« »Med en skillnad«, sköt jag in. »Dom skulle själva komma som Fenixfågeln ur askan och ta över ledandet av projektet.« »Ja, i såna här banor går mina tankar. Efter att Quasidor var på väg hade dom god tid på sig att planera sina nästa steg. Gissar att dom sövt ner dom äldsta i gruppen ganska snart efter att vi åkt. Och den sista som antagligen fått äran att sprida ut viruset kanske 28 år efter vår avfärd. Sen har dom säkert väckts med 100 års mellanrum för att minimera riskerna och sen sövt ned sig igen. Kan ge mig fan på att dom har en bunkerliknande håla under villan där dom hoppeligen fortfarande är nedsövda, i så fall skulle vi ha ett försprång till dem.« Riya undrade, »men tror ni faktiskt att dom bara skulle vara fem? Dom hade ju alla familjer också.« »Jag är övertygad om att dom offrat sina familjer till pandemin också, dom skulle aldrig ha kunnat berätta om det här för dem. Dom skulle helt enkelt inte ha kunnat förstå deras tankesätt. Lite som när Goebbels familj under slutet av andra världskriget tog livet av sina egna barn med gift och sen tog livet av sig själva. Men i det här fallet var dom för fega för att ta livet av sig själva. Nej, nu har vi att göra med exceptionellt farliga människor som bara tänker på sig själva.« Mike sade, »vi måste till Pune och fort, vi måste börja fundera på en plan och det meddetsamma.« Jag sade, »Mike har tyvärr rätt i allt han säger, men vem skulle vi skicka dit, Mike? Du är ju självfallet den mest kompetenta, Riya vore ju också passande, men i det här fallet är det inget alternativ.« »Jag åker med Mike«, sa Joni. Jag har gjort den obligatoriska värnplikten i finska armén och alltid rört mig i naturen.« Mike sade, »Jag och Joni, sen ber vi två av Kottes bästa jägare med, vi behöver deras pilbågskunnande. Vi måste

berätta för Raja om våra planer, han går säkert med på det
då han hör att vi är hotade.« »Vi måste börja med avchip-
pandet av alla, det går inte att hålla det här hemligt mera.
Klarar ni av det på en dag, Riya?« »Lätt«, sa Riya, »alla
sjukvårdare klarar av det.«

29 PLANERING PUNE

Avchipningen blev gjord på rekordtid, det var ju ett så litet ingrepp att det inte ens behövde sys ett stygn. Rengöring och plåster på. Efter att det var gjort började vi i grupper berätta om händelserna och teorin vi hade. Alla förstod givetvis att allt vi planerade var nödvändigt och flera var så arga att dom var villiga att komma med på operationen. Men vi höll fast vid Mikes plan att han med Joni och två av Kottes jägare skulle utföra räden. Nu återstod förstås att berätta för Raja om det här, och hur skulle han ta emot det med sin teori att »dom goda människorna« klarade sig? Det var bara att gå och prata med Raja, jag, Mike, Joni och Bandil tog oss till Kotte. Det skulle ju genast dukas upp mat åt oss, men vi tackade artigt nej och förklarade att vi har något allvarligt att prata om. Raja såg bekymrad ut och bad oss sätta oss ner. Bandil förklarade situationen med inlägg från oss ibland, vi hade behjälpligt börjat förstå singalesiska också. Raja såg riktigt arg ut, sen skrek han några kommandon och två jägare uppenbarade sig. Raja var mycket upphetsad när han förklarade situationen för dem, det riktigt sprakade till i dom två jägarnas ögon. Raja sade »dom är klara att ge sig iväg meddetsamma och förinta dom som försöker förstöra vårt paradis.« »Tack Raja«, sade jag, »Vi måste planera lite först och Mike och Joni behöver lektioner i att använda pilbågarna.« Vi hade berättat att våra vapen inte var brukbara p.g.a. chipen. Vi hade printat ut en karta på skytteln över Indien som visade var Pune låg. Båtbyggarna hade byggt ett fiskeskepp som skulle vara färdigt vilken dag som helst, segeldrivet. Tillräckligt stort för 8 personer, med rätt vind skulle det inte ta många dagar att komma till Indiens kust. Sen skulle det bli en vandring på 1 500 km till fots, Mike menade att dom kunde gå 50 km om dagen. Dilan och Gayan, som jägarna hette, tyckte att 100 km skulle dom kunna gå lätt på en dag, Mike tackade dom för sin iver, men sa att 50 km var mycket långt i hettan. Så det skulle ta ungefär en månad att komma till Pune, och sen efter en hoppeligen lyckad operation en månad tillbaka till Indiens östkust där fiskebåten skulle slå läger och vänta på dom. Vi beslöt att det skulle bli avfärd om en vecka, Dilan, Gaya, Joni och Mike skulle köra hårdträning med pilbågarna och Mike lovade visa hur man tog livet av folk med sina bara händer. Men utrustningen skulle närmast bestå av pilbågar samt knivar. Överraskningsmomentet var nu allt i allo, i en öppen strid skulle vi inte ha en chans för antagligen skulle dom vara kraftigt armerade. Vi tackade Raja för hans förståelse och stöd för projektet. Det var mycket att fundera på före avfärd, för mycket packning fick det inte bli, Riya gjorde i ordning en förstahjälpsväska med bland annat material som behövdes om dom skulle behöva sy något större sår. Samt visade hur det gick till i praktiken. Torrproviant hade vi kvar i massor från Quasidor och säkert fanns det något villebråd när man tröttnade på det. Vattenreningspiller fanns det också, som gjorde nästan vilket bräckt vatten som helst drickbart. Det var en

spännande vecka och expeditionens deltagare behand-
lades som superstars i hela byn. Nästan alla från Madu
hade också kommit för att träffa dom och ge sitt stöd. Att
misslyckas var inget alternativ och vi hade inte ens tänkt
på konsekvenserna av något dylikt.

30 SJÖSÄTTNING

Jag gick ner till stranden där den nybyggda segelbåten skulle sjösättas och ta en liten provseglats. Om nu allt gick som det skulle, båtbyggarna hade fått lite onödigt mycket tryck på sig. Den var mycket enkelt byggd, man kunde väl kalla den för katamaran. Cirka 6 meter lång och två pålar som gick till pontonen som var karvad att vara så strömlinjeformad som möjlig. Det var ett segel fastspänt mellan två master, segelytan var ungefär 5x4 meter och kunde i passlig vind komma upp i ansenliga farter. Vi hade räknat med att seglatsen skulle gå på ett dygn, avståndet till närmaste punkten på Indiens östkust var omkring 300 km. Men med frisk medvind kunde det gå på 16–20 timmar. Vi skuffade båten ut i vattnet, det var inget problem då det säkert var 1 000 människor för att se på och hjälpsamma händer fanns det. Ra krävde att hon skulle med dom två båtbyggarna på jungfrufärden. Mike protesterade förstås, men fick som vanligt ge efter. Hennes argument var att det ger god lycka när en kvinna är med på jungfrufärden, och dubbel lycka om hon är gravid. Ingen hade ju förstås hört liknande argument förut, men vi skrattade så tårarna rann. Jag hade lovat lära Ra simma, men hon hann före, efter en halv timme i vattnet redan den första dagen simmade hon som en fisk. Ra var utan tvekan den populäraste personen i hela Bentota, alla älskade henne och hennes kvicka hjärna. Också när hon besökte Kotte fick hon akta sig när alla ungarna kom springande och ville krama henne. Dom hade t.o.m. gjort en sång om Ra som dom sjöng i tid och otid. Vi fick båten ut i meterdjupt vatten och båtbyggarna hissade upp seglet. Vi släppte loss båten och den satte iväg i god fart, alla applåderade och jublade och Ra satt i fören och vinkade och sken som solen. Efter en timmes seglats kom dom tillbaka och konstaterade att den fungerade efter alla förväntningar.-

Jag tog Mike och Joni åt sidan och frågade hur länge dom behöver för sina förberedelser. »Vi startar i morgon bitti«, sa Mike. »Vi har ingen tid att förlora, vi är inte lika skickliga som Dilan och Gayan förstås med bågarna, men vi tänkte att under en månads tid har vi mycket pauser mellan marscherandet som vi kan utnyttja till att träna på.« »Utmärkt«, svarade jag, »bäst att Dilan och Gayan sover här på stranden i natt så vi kommer iväg genast i gryningen«, fyllde Joni i.-

Solen hade inte ännu tittat fram över horisonten i öster, men gav redan lite ljus. Båten var redan i vattnet och hölls fast av flera människor i dom lätta vågorna. Den fylldes nu med expeditionens packningar, som var mycket lätt. Vad som rymdes i var och ens egna lilla ryggsäck, sen lite proviant förstås fast dom nog hade räknat med att få tag på villebråd också. Frukt skulle dom säkert hitta på vägen också. 8 pilbågar tog dom med sig, med massor av pilar vässade till det yttersta och dom skulle sjunka in och göra mycket skada. Det var en mycket mångfaldig grupp som var på väg på expeditionen, förutom dom, en fiskare och en båtbyggare som skulle komma med och hantera båten så var där muskulösa och smäckra Dilan och Gayan, Mike som såg enorm ut bredvid singaleserna, Ra hängde fast i honom och ville inte släppa loss och hon dunkade honom på det breda bröstet. »Kommer du inte tillbaka kommer jag och hämtar dig«, sa hon mellan snyftningarna. Joni var den lugnaste av alla fyra, men jag visste att vid behov skulle han plocka fram sisun och då ... Perkele. Joni stack ut annars också, vithårig med blåa ögon, lång och muskulös hade han blivit lite av en favorit bland dom unga damerna i Kotte. Gissade att vi snart skulle få se romans över gränserna där. Vi vinkade av expeditionen och vinden fyllde seglen och snart var dom en bra bit på väg. Vi gick och satte oss uppe vid palmerna med Riya för att få se dom så långt det gick. Efter en stund kom Ra och trängde sig emellan oss som för att visa att nu fick pappa och mamma lov att ta hand om henne. Vi lade båda händerna över hennes axlar och tröstade henne genom att stryka hennes hår. Riya sade, »du får komma och bo med oss nu tills Mike är tillbaka.« »Tack, tror inte ens jag skulle våga sova ensam nu, är det ok, kapten?« Jag kysste henne i pannan och sa »klart det.«-

Den 6 meter långa katamaranen rörde sig med bra fart framåt, Roger som fiskaren hette berättade att vi rörde oss med ungefär 11 knops fart och skulle vinden ligga på så här bra skulle vi vara vid Uvari beach på Indiens sydöstra kust vid midnatt. Det var inte mycket plats, så man fick försöka sträcka på sig så gott det gick. Men fast det var lite obekvämt njöt alla av upplevelsen. En flock med delfiner föjlde efter oss en stund tills dom tröttnade på oss. Men dom kom så nära att man kunde röra vid deras sträva hud. Vid solnedgången kunde vi skönja silhuetten av Indien i fjärran. Fast vinden mojnat lite så skulle vi nog vara framme omkring midnatt. Vi skulle alla slå läger över natten och på morgonen skulle katamaranen ta sig tillbaka till Bentota. Och om 7 veckor skulle dom komma tillbaka och hoppeligen inom en vecka efter det skulle vi träffa dom där. Efter några timmar började vi höra vågorna mot stranden och visste att vi var framme. Det var sandstrand som väntat eftersom vi studerat kartorna i skytteln. Vi hoppade av båten och drog den långt upp på stranden och lade dessutom ankaret i sanden så vi inte skulle vakna utan båt ifall vattnet stigit under natten. Vi gjorde upp en liten lägereld och lade oss i en ring runt den, ganska mörbultade av den obekväma överfärden. Vi åt lite av surrogatmaten med dålig aptit, Gayan och Dilan ville inte smaka på smörjan utan åt lite torkad fisk. Ganska fort somnade vi under stjärnhimlen, utmattade, men första strapatsen avklarad. Solen väckte upp oss och vi började göra oss i ordning för avfärd. Vi sköt ut båten som nu skulle ha lite motvind så vi fick göra lite kryssningsmanövrar, men rodret var stort och stabilt och snart var dom på god väg i soluppgången. Vi bredde ut kartan och tog kurs med kompassen, vi var alla ivriga att komma iväg på den långa strapatsen. Efter ett par timmar började det bli mycket varmt och vi tog paus, gissade att vi kommit ungefär 14 km då farten varit god. Men vi måste göra två likadana strapatser till på minst samma längd. Vi började förstå att 100 km om dagen skulle ha varit utopi för oss. Men vi skulle försöka komma upp till 50 som Mike planerat. Mike var vår självfallna ledare och man såg att han var alert hela tiden, som om vi vore på patrull i fiendeland. Men hoppeligen var fienderna där vi hade tänkt att dom skulle vara.

31 JÄRNVÄG

När vi gått några kilometer på nästa etapp kom vi till ett järnvägsspår. Inte exakt i samma riktning som vi skulle, men vi gav den ett försök då det inte var mycket växtlighet på den. Den gick mera rakt norrut medan vår riktning var nordväst. Men vi kunde ju när som helst justera riktningen mera västerut. Men vår fart ökade markant då syllarna var i bra skick och när vi kom in i rytmen så blev vi så ivriga att vi ibland också sprang en stund. Efter en stund när Dilan gick i täten visade han med handen att vi skulle stanna. Några meter framför oss hade en kungskobra upptäckt oss och lyfte på överkroppen och spände upp sig majestätiskt. Automatiskt tog vi fram pilbågarna från rygghöljet, men Dilan bara skrattade. Han visade att vi skulle backa några meter bakåt, och vi gjorde det och kobran slank kvickt iväg bort från spåret och in i växtligheten. Han förklarade att ormarna aldrig vill konfrontera sig med människor, bara vi visar att vi inte är ute efter den och backar lite så ger den sig av. Har den en möjlighet att fly så gör den det. »Du får gärna fortsätta i täten«, sa Joni. Skrattande och lättade fortsatte vi färden. Det fanns gott om ormar nu när människan var borta ur deras liv. Vi var nu gäster i deras territorium. Men vi lärde oss leva med dom och skulle vi bli bitna så hade vi universalserum med oss. Det skulle rädda livet på oss, men kunde sakta ner farten betydligt då det kunde vara mycket smärtsamt ändå och i värsta fall bli ordentligt infekterat. Vi stannade för paus och Gayan klättrade upp i en kokospalm, vig som en apa klättrade han upp och skar ner ett tiotal mogna nötter som vi plockade upp. Med vana tag öppnade dom kokosnötterna och räckte oss varsin. Det smakade helt fantastiskt, sött och läskande på samma gång. Vi skar ut köttet inuti dom med våra knivar. Det blev nästan en euforisk känsla av den lilla läskande pausen. Det gav mycket mera energi än att bara dricka vatten och kokospalmer var det ingen brist på precis. Det fanns en lägre variant också som man inte ens behövde klättra i, man räckte bra upp till dom. Dom var lite mindre och lite sötare. Mike sade, » om han var en kokosnöt skulle han flytta till Indien på momangen.« När kvällen kom och vi började slå läger såg vi att vi gått ungefär 60 km den dagen. Vi visste att vi efter några dagar skulle komma till skogstrakter och Bandipur National Park låg i vår väg. Där ökade risken att vi kunde stöta på tigrar, om där fanns några hundra tigrar för 400 år sen så kan man ju föreställa sig att dom mångdubblats under årens lopp. Men vi hoppades att dom skulle vara så människoskygga som alla sagt. Vidare farligheter kunde vara elefanter, apor, björnar, vargar och hundar för att nu nämna några. Vi beslöt att göra en ordentlig eld för att eventuella djurbesökare skulle hålla sig borta. Vidare hade vi pilbågarna och knivarna inom räckhåll i fall vi fick besök. Vi upplevde nog alla hjälplösheten och hur små vi var i det stora hela, nästan som när vi var i rymden. Ja, Gayan och Dilan var ju inte där, men dom kände nog likadant. Bara kolmörker omkring och varje djungelljud fick oss att spetsa öronen. Men vi var utmattade efter dagens strapats och det tog inte länge före vi somnade. Vi hade lägerelden mellan tågskenorna och sov där, risken var ju ändå liten att ett tåg skulle komma.-

32 VÄNTAN

I Bentota och Madu försökte vi fortsätta med våra dagliga sysslor trots att spänningen var stor. Vi hade ritat upp en stor karta över Indien och på den ritade vi upp varje dag ett rött streck på 50 km. Ra och alla andra följde med den noga, kartan hängde utanför dörren på vår dörr. Också från Kotte kom det folk och tittade på kartan varje dag. I verkligheten hade ju inte jag en aning om hur långt dom kommit, men det tycktes inge ett visst lugn i att man kunde se att resan gick framåt. Och jag skötte mitt jobb som »kartmästare« och svarade på frågor som alla hade samma svar. »Vi vet inget, vi har ingen kontakt med dom, det här är bara den ursprungliga planen, vi får hoppas dom har det bra.« Dom kunde ju redan blivit uppätna av tigrar eller stigit på en landmina eller vad som helst. Men det var bara att hålla minen och vara positiv. Inte minst för Ras skull. Hon var som ett nervvrak och behövde mycket stöd. Det hade nu gått fjorton dagar och jag gissade på att dom snart skulle vara halvvägs till Pune. Så i bästa fall kunde vi ha dom tillbaka om 7 veckor. Vi började ha ett överflöd av mat då skördarna gått över all förväntan, det var likadant i Madu och vi funderade på att så något annat än ris i nästa sådd. Överflödet lagrade vi så gott vi kunde, men började redan ha lite problem med råttor. Kotte fick ta så mycket dom ville, men dom hade ingen nöd dom heller. Så vi hade planer på att skära ner på produktionen, vi hade för mycket spannmål, samma gällde grisarna och hönsen. Så det var mycket planerande med agrologerna som kunde det där bättre. Samma gällde fiskandet, vi fick i princip så mycket som vi orkade dra upp. Haven hade återhämtat sig under 400 års tid, havssköldpaddor fanns det också hur mycket som helst och dom var inte blyga att komma och lägga ägg där folk låg och solade sig. Vi hade ingen orsak att börja plocka åt oss sköldpaddsägg så länge vi hade hönsen. Nu när matsidan var under kontroll hade vi mera tid på att gräva fram och utvidga ruinerna i Bentota. Alla hade nu hittat hus åt sig redan och vi hade också öppnat ett tempel eller vad man kan kalla det, meditationshus kanske vore bästa namnet. Det var vackert beläget uppe på en kulle lite avsides från den sedvanliga bebyggelsen. Dit kunde man gå om man ville fundera i lugn och ro eller om man var troende fast be en bön. Vi kom överens om att den var öppen för alla och skulle vara lika viktig oberoende om man var troende eller ej, vidare skulle inga religiösa symboler sättas upp där. Nu fick man ju tro på vem man ville, men här skulle judar, kristna, muslimer, buddister och allihopa helt enkelt komma överens. Jag gick dit själv ibland också när jag ville fundera, det var tillräckligt långt från stranden också så man inte hela tiden hörde havets brus. Livet började nästan bli för perfekt, enda orosmomentet var nu våra 4 tappra som var på väg att hoppeligen rädda vår framtid. Nu kunde det ju vara så också att vi var paranoida och våra idéer inte alls stämde med verkligheten. Men Joses framläggning av situationen verkade stämma, det var för många sammanträffanden där.-

En morgon kom två killar och knackade på dörren och undrade om dom fick prata med mig. »Visst, kom in bara.« Masud och Aramis ville jag minnas att dom hette, ursprungligen från Mellanöstern. »Vi skulle gärna prata bara med dig, kapten John«, sade Masud. »Det går bra, jag skulle just till kliniken«, svarade Riya. »Jag kommer med och hjälper till«, sa Ra. Jag bad dom sätta sig och undrade om något hänt. Dom skruvade på sig och började. »Ja, det är så att vi inte vet om det här är förbjudet …«, började Aramis. Masud fyllde i »ja, det är så att vi tycker om varandra och vi undrade om det är ett problem?« »Ni menar att ni är homosexuella?« frågade jag. Dom nickade båda förläget. »Varför skulle det vara förbjudet eller vara ett problem?« undrade jag. »Men vi förstod på projektets art att idén att vi skulle befolka Viridis var högsta prioritet.« »Jag förstår vad ni är ute efter, och jag kan tänka mig att ni kommer från länder där homosexualitet är tabu. Men jag kan försäkra er om att ni är precis lika viktiga för oss som alla andra deltagare. Det är klart att expeditionen inte skulle ha varat många generationer om vi skickat iväg 1 600 män, eller hur? Så ni förstår säkert varför vi var 800 män och 800 kvinnor, men homosexualitet finns bland både kvinnor och män och det är helt naturligt. Så lev som ni vill och var lyckliga tillsammans, det är helt naturligt.« Dom sken båda upp och verkade mycket lättade, tackade mig och gick glada iväg. Jag berättade senare för Riya vad dom ville.« Jaha«, sa hon och så var det avfärdat. Det var svårt att få några konflikter mellan medlemmar, det att Kotte hade kommit med i bilden hade också avsevärt minskat på trycket att man skulle hitta en partner åt sig så fort som möjligt. Men många par hade redan bildats som fixade på sina nya hem. Och vi hade säkert 10 par som hade meddelat att dom var gravida. Hittills hade ju lärarna haft jobb med att lära Kottes barn, men så småningom skulle vi få »egna« också och det skulle säkert bli bråda tider för dom om något år. Det var också några som hade »flyttat« mellan Bentota och Madu och det var helt i sin ordning. Det var mycket vi funderade på för framtiden. Som önskemål hade vi haft till exempel caféer och restauranger. Visst vore det avslappnande att kunna gå på restaurang. Men vem skulle laga maten, diska, servera och dessutom gratis? Men bra idéer skulle väl fungera med någon slags frivilligarbetare som turades om eller något. Nu existerade det ju inga betalningsmedel, vi hade fått av Kotte bland annat tyger, kryddor, te och t.o.m. kaffe som dom odlade, ja, till och med tobaksblad. Vi gav sen i utbyte havsfisk som dom också visserligen hade börjat lära sig att fiska. Också grisar fick dom, men dom började också ha bra fart på den produktionen. Så någon nöd gick det inte, men skulle vi skaffa ett penningsystem skulle vi snart kunna vara i en »ond« cirkel. Det här var problem som ingen funderat på under dom senaste några tusen åren. Men kunde det vara så enkelt som det var nu? När man levt i ett kapitalistsamhälle där pengar betydde allt för ett komfortabelt liv, verkade det svårt. Och var hade vi all vår byråkrati? Hemska saker, ingen byråkrati, så kan man väl inte leva. Skrattade åt mina egna tankar, tiden fick väl framvisa, när vi blev fler kanske det inte mera räckte till med vår lilla bykommitté. Gick till kliniken för att krama om Riya och känna på hennes mage. Ra ville att jag skulle känna på hennes också.-

33 SISTA DAGEN

Vi hade nu vandrat i 4 veckor. Emellanåt i riktigt tät djungel, ibland över savanner med lite växtlighet. Där djungeln saktade ner oss tog vi igen på savannerna, samt på vissa vägar som inte var igenvuxna. I morgon skulle vi vara på Metrewaves område, och skulle vara vid villan vi sökte efter i morgon eftermiddag. Nu hade vi ju inga planer på att bara gå och knacka på dörren och säga »länge sen sist, hur har ni det?« Dom var antagligen beväpnade, men vi hade en fördel. Åtminstone för tillfället trodde vi att dom skulle vara oförberedda på vår ankomst. Men vi måste närma oss försiktigt och hålla oss i gömman för att kunna observera huset för att se om där var några rörelser. Vi slog läger för natten, men tände inte eld den här gången, även om det var tiotals kilometer kvar fanns det ju en liten risk att dom kunde vara på jakt eller känna lukten av röken eller se elden. Vi hade sett mycket vilda djur, en gång såg vi skymten av en tiger på avstånd, men den drog sig snabbt undan in i växtligheten. En större elefanthjord på 50–60 individer fick syn på oss en gång. Dom stannade och tittade på oss och ledarhanen tog några steg mot oss för att visa att det här är vårt område. Men det var ett par hundra meter mellan oss och när vi ändrade riktning och gick en stor lov runt dom tappade dom intresset för oss. Vi hade lärt oss en hel del språk, både singalesiska och engelska, och vi kunde redan kommunicera bra med varandra. Men i morgon kunde det hända saker som ingen av oss varit med om förut. Det var möjligt att vi måste döda människor, och antagligen på ett brutalt sätt. Dom hade antagligen maskingevär mot våra pilbågar och knivar. Nu när vi lärt oss hantera pilbågarna så började det nästan kännas som om man hellre skulle bli träffad av en kula än en pil. Pilens ända var slipad så att den var sylvass och bredde ut sig så den nästan såg ut som ett miniatyrparaply som inte var utslaget. Blev man träffad av den så var det nog så gott som omöjligt att få ut den utan att göra stor skada. Dom var gjorda för jakt av rådjur och vildsvin, och fick man en bra träff från nära håll dog djuret fort. Pilen sjönk långt in i köttet. Men vi planerade inte så mycket ännu, först måste vi se området, Mike sa att det antagligen växt igen så det kunde vara mycket svårt att hitta. Vidare hoppades Mike på att dom enorma radioteleskopen inte alla rasat, dom hade en diameter på 45 meter och skulle lätta vår navigering. Efter vår »nattmacka« med rymdsmörja och torkad fisk lade vi oss för att sova, vilket var betydligt obehagligare utan elden i mitten. Vi vaknade efter en dålig natts sömn och började förbereda vår sista strapats. Hoppeligen skulle det bli en till sen när vi skulle hem nån gång. Mike tog oss alla i en cirkel och sträckte ut handen, vi lade alla handen på hans. Han preppade oss som en fotbollstränare före avgörande matchen, »idag måste vi vara på alerten hela tiden, vi går med 10 meters mellanrum. Jag går först och håller ögonen framåt. Ni säkrar sidorna, men ni har ena ögat på mig hela tiden, jag visar om ni ska skydda er eller sprida på er mer, lycka till, till oss alla.« Vi satte iväg, och för första gången under resan började vi inse att det började bli allvar. Efter att vi gått två timmar fick vi syn på ett teleskop, det var enormt och helt övervuxet av växter. Men det var intakt och Mike förklarade att dom är utspridda på ett stort område, vi var inte nära vårt mål ännu, men det här skulle hjälpa oss att hitta till villan. Nu kunde det ju vara så att villan var hoprasad också, men vi var mera intresserade av vad som var under den. Antagligen en bunker som hade all den teknologi som behövdes för att dom skulle överleva den långa sömnen där. Vi gick ytterligare en timme tills Mike lyfte upp handen, vi hörde det också, röster. Mike visade åt oss att vänta här. Mike satte iväg ålandes som bara en med hans militärskolning klarade av. Växtligheten var hög och skyddade oss. Vi satt och väntade, vi hörde röster. Det var som om dom gav kommandon åt varandra, »lägg dom under dom andra,« »räck mig den,« och i den stilen. Som om dom höll på och lastade något. Efter några minuter kom Mike ålandes tillbaka, genomdränkt av svett. »Nu har vi bråttom, dom har en elkopter dom håller på och lastar. Kommer dom iväg med den är det kört.« »En kopter?« frågade Joni. »Ja, antagligen har dom haft en i bunkern som dom monterat ihop, vi måste dit nu.« Vi kom lite uppifrån, och var kanske 20 meter från koptern när vi lade oss ner. »Jag ser inte Craig«, viskade Mike. »Han är säkert i bunkern, jag går dit och tar hand om honom. Det är fyra personer som packar koptern, klarar ni av dom?« Vi nickade, säkert inte med världens bästa självförtroende. Gevären var säkert redan packade i koptern, men alla hade ett pistolhölster, nu var det överraskning som gällde. Vi tog bra ställning åt oss, visade vilka vi skulle skjuta på. Om vi alla skulle träffa, vilket var troligt, skulle en bli kvar som vi måste eliminera före han kom åt sin pistol. Vi spände bågarna, tre föll ner och alla skrek av smärta. Inget tvivel att inte Craig skulle ha hört det om han befann sig i bunkern. Den som inte blev träffad var Ralph Wiggum, som Joni träffat en gång under avresedagen, han satte fart mot helikoptern före vi hann spänna bågarna. Joni kastade sig iväg mot honom, drog upp dörren till koptern och tog i håret på Ralph och började mörbulta honom med nävarna. »Perkele«, hördes mellan slagen tills Dilan kom upp bakom honom och skar upp halsen på Wiggum. Joni steg skakande upp och som i trans sa han »tack«. Utanför koptern hade Gayan skurit upp halsen på dom 3 andra, som om man slaktat ett svin.-

Mike gick ner för trapporna mot bunkern och Craig kom emot honom med en pistol i handen. »Mike, jag hoppas du kommer med goda gärningar. Jag såg i monitorn vad som hände där ute. Hoppas du inte är ute efter mig.« Mike stirrade in i pistolens mynning, »va fan tänkte du på? Du tog livet av hela världens befolkning.« Mike, du måste förstå, det var oundvikligt, efter att ni åkt iväg var det kaos på jorden. Ett enda krig, alla krigade mot varandra, vi måste reagera. Du vet att vi hade en backupplan för allt. Nu kan vi bygga upp jorden som ni gjort på Viridis. Va säger du, min trogna Mike, du och jag kan leda hela världen. Ja, du kan fast få bli president och jag din rådgivare.« Craig sänkte pistolen och kom emot Mike, »nu glömmer vi allt och börjar om och gör allt rätt, du och jag.« Mike gick emot Craig och gav honom en kram. »Det blir bra, ska du se«, sa Craig. Dom stod fortfarande och omfamnade varandra när Mike sa, »jag har en hälsning från John och Riya.« Craig kände hur en kniv kördes in i hans mage och hur den vändes där. Allt svartnade för Craig och livet rann ur för gott. Mike drog ut kniven och torkade bladet på Craigs byxor, på bladet stod det »Till vår vän Mike, julen 2173 John & Riya.«-

Vi gick alla in i bunkern och tvättade av oss blodet. Vi satte oss ner en stund och funderade. Mike var den första som öppnade munnen, »här finns massor av teknologi som vi kunde ta med och utnyttja. Men mitt förslag är att vi lämnar allt här, samma med vapnen, vi slänger allt i bunkern och bränner upp skiten. Våra liv är bra nu, varför komplicera det?« Vi nickade alla att vi förstod. »Ska vi bränna upp helikoptern också?« frågade Joni. Mike svarade, »vi marscherade hit och det gick bra. Men i helvete heller att vi skulle göra om det. Jag vet hur man flyger den, vi ska landa på stranden som vinnare. Vi är hemma i morgon.« Vi jublade och satte med fart igång med att släpa liken in i bunkern, också vapnen tog vi ut från helikoptern och slängde dit. Sen fyllde vi den med allt brännbart bråte vi hittade tills den var fylld upp till taket. Vi tände på och försäkrade oss om att det började brinna. Vi stod ute en stund och såg hur lågorna började slå ut från bunkeröppningen. Vi gick in i koptern som vi nu tömt på allt. Joni frågade,« och du är säker på att du kan bemästra den här?« »Säker och säker, vi får se«, skrattade Mike. Dilan och Gaya såg livrädda ut och det förstod vi bra. Vi flög ungefär 700 km innan vi måste landa och ladda solpanelerna. Mike sa att vi måste övernatta här och ladda ännu hela förmiddagen, men sen borde vi klara av återstående resan och vara hemma i morgon eftermiddag. Vi kunde ha sovit i koptern, men vi valde att göra en lägereld och prata om dagens händelser. Allt hade gått så fort, på några minuter hade vi eliminerat våra motståndare. Dom blev fullständigt överraskade, kanske är det så med intelligenta människor att dom underskattar alla andra. Och om vi skulle ha varit ett par timmar senare på plats så skulle det ha varit för sent. Jose hade sagt att han inte trodde på slumpen, och nu var det nära ögat. Och vad skulle ha hänt om Jose inte hade kommit på det här, hur skulle vår värld sen ha sett ut? Dilan frågade: »vad var det du sa i helikoptern när du slog honom, perk…« »Perkele«, svarade Joni. »«Ett starkt ord vi hade i Finland, har inget minne av att jag sade det, det kom liksom inifrån, djupare på något sätt.«-

Vi steg upp på morgonen och funderade över helikoptern, vi hade svårt att tro att det var sant. Batterierna skulle laddas en stund ännu. Sen sa Mike, »vi har ett litet problem ännu, vi kan bli skjutna av våra egna när vi kommer hem, dom tror ju att det är Craig och gänget.«

»Jag fixar det«, sa Joni och skrattade.-

34 28 DAGAR

Det hade nu gått 28 dagar sedan expeditionen startade. På vår karta hade det röda strecket nu nått till Pune. Det samlades mera människor än någonsin för att komma och spekulera, vi sände våra tankar till dom, dom troende kanske bad en bön. Annars var vi ju totalt hjälplösa i situationen. Jag kunde inte heller undgå att »måla fan på väggen« i mina tankar. Vi hade våra vapen gömda på stranden för eventuell invasion, lätt skulle dom inte komma undan, Craig och gänget, om dom hade mage att komma hit. Och vad skulle ha hänt med våra 4 expeditionsmedlemmar om dom dök upp utan dom. Jag bad alla att gå till dagens sysslor även om det inte var min sak att göra det, men ville inte ha dom hängandes vid vårt hus. Ra tog den här dagen mycket hårt och hängde efter Riya hela tiden och försökte hjälpa till på kliniken och skyttelsjukhuset. Folk brukade samlas på stranden före solnedgången, bara för att träffas, men också följa med den spektakulära solnedgången. Vi var säkert närmare 1 000 människor på stranden då vi hörde det, rotorerna från helikoptern. Folk rusade automatiskt i skydd bakom raderna av palmerna och annan växtlighet. »Fan i helvete«, muttrade jag för mig själv och höll armen om Riya. Jägarna hade tagit sina positioner och låg med gevären skjutfärdiga. Helikoptern gjorde en sväng norrut när den var på ungefär en kilometers avstånd. Sen svängde den och kom söderut långsides med stranden, den var på ungefär 200 meters avstånd och kanske på 50 meters höjd. Jägarna följde med den och hade den på kornet hela tiden. Sen såg vi det och förstod varför dom kom sidlänges längs stranden. Efter helikoptern hade dom en banderoll där det stod »Perkele«. »Jag sprang ut på stranden och Ra dök också upp som förstod vad det handlade om. »Det är våra, det är våra«, skrek vi. Folk började komma ut på stranden där vi stod och hoppade och skrek, Ra grät öppet och skrek av lycka. Koptern landade och ut hoppade våra expeditionshjältar. Det var inga höjder på glädjehysterin som rådde. Det tog en lång stund före vi kom åt att prata med Mike, Joni, Gayan och Dylan, så omringade var dom. Efter att vi fått rapport om vad som hänt gav jag order om, ja, den här gången gjorde jag det faktiskt för jag visste att ingen skulle opponera sig. Nån går till skytteln och kontaktar Madu att i kväll blir det Bentota beach största fest hittills, så se till att dom kommer hit. Och Gayan, skicka nån till Kotte att berätta vad som hänt och be alla hit på fest, och så mycket brännvin med som dom orkar bära på. Vi slaktar ett par grisar och hönor och sätter igång med förberedelserna av maten. Det var en euforisk stämning som unnades alla, Ra var kanske den som blev mest omklappad och kramad då alla visste hur hårt hon tagit det. Vi blev säkert 2 500 människor senare på kvällen, ordentligt berusade av kokosbrännvinet. När vi fick stereon som vi hämtade från skytteln uppmonterad började folk skrika, DJ John, DJ John, och jag började febrilt fundera på vad som skulle vara passande för den här kvällen. Hittade sen en låt från 1980-talet, i dagens läge över 500 år gammal sång som jag hade på en minnessticka. Opus hette orkestern och sången »Live is Life«, den fick fart på alla och alla sjöng med i refrängen. Jag stod med Riya och tittade ut över stranden, »tror du vi nu får vara lyckliga resten av vårt liv med vår dotter?« undrade jag. »Hoppas jag inte gör dig ledsen«, svarade hon. »Men det blir en son.« Jag lade handen över hennes axel och tittade ut över havet och log.

35 ETT ÅR SENARE

Det hade nu gått ett år sen den lyckade expeditionen hade kommit hem och mycket hade ju hänt förstås. Vi hade en son på 8 månader som vi gav namnet Raj, en pigg krabat som hade kommit med traditionell födsel i skytteln. Jag hade varit med på födseln och Riya sa att nästa gång är det kanske bättre att jag inte kommer med. Jag hade oroat mig betydligt mera än Riya och var minst lika slut som hon när det var över. Ra och Mike fick sin dotter någon dag senare, och den tuffa soldaten Mike fick också portförbud till nästa framtida födsel. Tuffa damer vi hade. Det föddes många barn det första året och hittills hade det gått bra. Också Kottes invånare kom för födsel till skytteln och det hade minskat markant på barnadödligheten mot vad den varit i deras hemfödslar. Vi hade också möjligheter att vaccinera barnen ännu mot dom vanligaste barnsjukdomarna. Men det var mycket att fundera på i infrastrukturen. Hur skulle vi ha det i framtiden? Jag hade efter påtryckningar blivit ombedd att bli »byäldste«, alltså samma system som dom hade i Kotte. Jag mottog uppgiften, men på det villkoret att det skulle funderas om en gång om året. Det var ingenting jag strävade efter och det var inget jag ville skulle gå i arv till Raj när jag blev för gammal för det. Detsamma gjorde dom i Madu, där Jose blev självskriven »byäldste«.

Vi hade fortfarande våra bykommittéer som byttes regelbundet. Men i dom stora frågorna hade vi inte fått någon lösning och kanske för att det för tillfället fungerade ganska bra ändå. Folk tog ansvar och hjälpte varandra, det fanns ingen orsak till att vara avundsjuk på sin grannes hus eller liknande, det var ju fritt fram att renovera eller bygga ett nytt, material fanns det gott om. Också fördelningen av intresseområden fördelades bra, vi hade läkarlärlingar och folk som var intresserade av sjukvård. Sen fanns det många som trivdes med djuren och jordbruket. Vi hade också med Kottes hjälp fångat in några vattenbufflar och tämjt dom och dom var till stor hjälp på åkrarna. Våra vapen hade vi undanstoppade och använde pilbågar för jakt i stället, egentligen jagade vi inte så mycket då vi hade både grisar, getter, höns och fisk hur mycket som helst. Vi hade många från Kotte som tog del i vuxenutbildningen och där hade vi också fått lärdom om tygtillverkning för kläder, filtar etcetera. Alla började bemästra singalesiska åtminstone behjälpligt och i Kotte i gengäld engelska. Joni hade hittat en partner i Kotte och bodde nästan mera där än i Bentota. Kanske vi bara skulle fortsätta på samma sätt en tid, men gissade att om 50 år, när jordens befolkning skulle vara större än den nuvarande på 2 500 människor, att något slags penningsystem skulle behövas. Hur skulle det gå när vi var 10 000 och vi antagligen skulle börja sprida på oss. Kanske nån ville upptäcka världen och kolonialisera någon annanstans. Kanske nån ville tillbaka till sitt ursprungsland eller annars bara vidga sina vyer. Men allt var möjligt för oss, vi hade en gemensam jordglob som vi måste värna om och vara försiktiga så att vi inte gjorde samma misstag som våra anfäder gjort. Kan vara bra att fördjupa sig i historien och se var sakerna började gå fel.

Var det bara religionernas fel? Du har fel gud så du måste dödas, såpass mycket måste vi ju ha lärt oss att vi inte gick in på det spåret. Stamkrig var också vanliga, men varför? I tidernas begynnelse fanns det ju mark och villebråd så det räckte till alla. Eller är människan bara en så girig varelse att man inte kan hjälpa sin nästa. Men en värld utan byråkrati och politik borde ju kunna vara möjlig så länge världen är småskalig. Jag tatuerade för länge sedan en fras på min arm där det står på latin »Ubi bene ibi patria«, och betyder ungefär »mitt hem är där det är bra.« Tycker det passar ganska bra in på min tillvaro för tillfället.

36 EPILOG

Nu, två år efter att vi anlänt till Sri lanka, hade vardagen börjat komma emot oss. Efter våra fantastiska äventyr hade tillvaron lugnat ner sig och efter den första ivern hade vi alla kommit in i en mera tropisk rytm. Vi var mera aktiva på morgonen och några timmar före solnedgången. Helt enkelt för att det var för varmt mitt på dagen, också våra djur sökte sig till skydden som vi byggt för att få skugga. Hundar hade vi säkert 30 nu som flåsade på dagen och var mera aktiva när solen började gå ner. Vi hade mycket nytta av dom både som sällskap och som vakthundar, dom hade bra koll på aporna och höll dom borta från våra närmaste knutar. Veterinärerna hade också vaccinerat hundarna mot rabies samt gett dem medicin mot parasiteter, och mat fick dom så mycket dom ville ha. Så man kan väl kalla dom för lyckliga »gathundar«.

Våra odlingar gick över all förväntning, ris hade vi i överflöd och i och med att åkerarealen blev större måste vi trappa ner på risodlingen. Batater växte mycket bra också i tropikerna. Vidare hade vi planterat stora fält med fruktträd som mango, papaya, lime med mera. Och förstås ananas som var min favorit. Vidare hade vi mycket kryddor, chili och peppar som dom viktigaste. Nu hade alla redan hittat ett hem åt sig, antingen bodde man ensam eller med en vän eller så hade man redan bildat familj. Många hade riktigt fina trädgårdar där dom också kunde odla lite för hembruk. Så infrastrukturen blev hela tiden bättre men lite back började det bli då till exempel vår traktor började ha använt upp vårt reservdelsförråd och vi beslöt att använda den mera sparsamt så den skulle räcka länge för kommande behov. Vattenbufflar hade vi tämjt fler och dom var till otroligt stor nytta både på fälten och som dragdjur mellan Bentota och Madu där vi började ha en riktigt fin väg nu. Vi hade byggt dragvagnar där vi kunde transportera gods mellan byarna, samt människor också förstås. Men dom gick ju inte i någon raketfart precis, men vi hade sällan bråttom. Helikoptern som vår expedition hade kommit med hade blivit obrukbar då den skulle ha krävt regelbunden service. I början efter att dom kom med den hade Mike gjort några turer för att se på närområdena uppifrån och det gav oss mycket information. Men vi beslöt att det nu skulle vara för riskabelt att använda den, så vi parkerade den nära rymdskytteln för kommande generationer att se på. Åtminstone skulle dom få ett försprång mot vad våra tidigare generationer hade då man tänker på Leonardo da Vincis första ritningar på en helikopter. Våra duktiga ingenjörer jobbade ju mycket på återvinning av metall och plast som mänskligheten lämnat efter sig, tillräckligt för vår livstid. Allt tog ju sin tid, men det var något vi hade gott om.-

Hemma hos oss var ju inte livet sig likt efter att Raj föddes, nu var han redan en stor pojke och hade redan börjat gå för egen maskin. Och han var väl medveten om att han skulle få en syster om 7 månader och undersökte mammas mage varje dag om den hade vuxit. Jose och Yong Kodcharen hade varit tillsammans en längre tid och Yong var också gravid. Det var babyboom på gång i våra byar nu och stämningen var på topp.-

Vi tog oss till Madu för att gästa dom där. Vi satt i den stora vagnen som våra duktiga snickare hade byggt, två vattenbufflar drog den. Vi hade med oss teblad, kaffebönor och tobaksblad som vi fått från Kotte. Det fanns ett överflöd av varor så vi brukade ge bort sånt som vi hade för mycket av. Jag visste att vi skulle ha vagnen full av varor när vi åkte tillbaka också. Jag och Riya skulle ju förstås och hälsa på Jose och Yong. Resan tog nästan 2 timmar när bufflarna lunkade framåt i sakta mak genom djungelvägen. Det var ett tiotal människor på vagnen, men det var inget problem för dom outtröttliga bufflarna.-

Som vanligt gick vårt samtal in på politik, eller bristen på den. Vad hade vi för system egentligen? Jose lade upp det så enkelt, »vi är ofrivilligt valda diktatorer med kunglig status och med en regering (byrådet) som måste delta tills dom blir ombytta.« Jag skrattade, »det är ju ett sätt att se på saken, men allt fungerar ju än så länge. Det tycks fungera när det är frågan om en liten mängd människor. Men hur blir det i framtiden när vi är betydligt fler?« Jose såg fundersam ut och sade, »kanske det är lösningen, ha mindre samhällen med samma system. Jag kunde bra se att vi kunde ha en by till mellan Madu och Bentota. Vi kunde börja bygga hus där och dom som vill kan flytta in i dom.« »Men i det långa loppet skulle dom växa ihop med Bentota och Madu och vi skulle ha en större metropol sedan. Men man kunde ju dela in delar av metropolen i stadsdelar som alla skulle ha sin byäldste.« Jag fortsatte, »men antagligen är vi inte på plats när bekymren blir så stora. Om dom blir det. Viktigaste är att vi uppfostrar våra barn och dom deras, att respektera alla människor och hjälpa till där det behövs. Och som sagt, vi har en hel planet till vårt förfogande, och för hela homo sapiens fortsatta existens så tror jag att det är bra om vi folk i framtiden utvandrar härifrån också.« Det skålar vi för«, sa Jose, vi klirrade med glasen som innehöll rom som vi kallade kokosbrännvinet som var blandat med ananasjuice. Vi satt på Joses terrass som också hade havsutsikt. Våra fruar var i en livlig diskussion om barnvaccinering. Vi satt tysta och tittade över havet. Tysta som bara goda vänner kan vara, när man känner att allt är bra. Jag har alltid trott på människans godhet och nu känns det som om jag haft rätt. Inget kunde väl gå fel?

INNEHÅLL